CRIME À TOUS LES ÉTAGES

CRIME À TOUS LES ÉTAGES

ALICE HULOT

RAGEOT • ÉDITEUR

ISBN 2-7002-2949-5
ISSN 1766-3016

1

Un rayon de soleil tomba sur la table de la cuisine où Valentine et sa mère petit-déjeunaient en silence. Patricia avait le réveil difficile et Valentine ne prenait jamais le risque de lui adresser la parole la première. Elle savait que personne ne pénétrait le monde de Patricia avant neuf heures du matin. Elle fut donc très surprise quand sa mère la dévisagea soudain avec de grands yeux étonnés.

Elle vient de découvrir ma teinture cuivrée, supposa l'adolescente dont les cheveux, d'une couleur carotte inégale, étaient maladroitement noués par un gros élastique.

– Tu n'es pas en vacances, toi ?

– Si, depuis trois jours et pour deux semaines.

– Mais qu'est-ce que tu fais debout ?

Se lever avant onze heures quand on n'y était pas obligé dépassait l'entendement de Patricia.

– Je vais chez Mamina pour le G.N.P.

– Le quoi ?

– Le Grand Nettoyage de Printemps. Je lui ai promis de l'aider à vider son buffet.

– Encore un nettoyage ? Elle devient complètement maniaque.

Le regard de Valentine glissa sur la pile de vaisselle qu'elle devrait laver avant de partir. Existait-il un juste milieu entre sa grand-tante et sa mère ?

Patricia, brusquement frappée par une terrible évidence, leva à nouveau des yeux effarés de son bol de café.

– Tu ne vas pas passer tes vacances chez Mamina ?

– Pourquoi pas ? Tu as pensé à autre chose ?

Valentine savait très bien que sa mère n'avait pas songé une seconde à organiser quoi que ce soit pour ses vacances. Depuis toute petite, elle était confiée à sa grand-tante à la moindre occasion. Patricia était beaucoup trop prise par son travail d'infirmière pour s'occuper aussi de sa fille, ce dont elle ne se félicitait pas. Combien de fois avait-elle répété son éternel refrain ? Les cigarettes, le travail quinze heures par jour, l'absence de frère et sœur, tout y passait :

– Je suis une mauvaise mère ! Je t'asphyxie, tu t'ennuies, tu ne quittes jamais Paris, c'est une catastrophe...

Valentine, conciliante, admettait volontiers que sa mère était responsable de tout. Là-dessus, il n'y avait pas à revenir. Pourtant, il persistait un point sur lequel elles n'étaient pas d'accord : malgré ce qu'elle endurait, Valentine allait très bien !

– Tu n'as pas une copine qui pourrait t'inviter au bord de la mer, que tu respires un peu d'air pur ?

– Je respire très bien chez Mamina. S'il fait beau, on s'installera dans la cour.

Patricia grimaça.

– Quelle chance ! Dix mètres carrés au sol jamais touchés par le soleil et quatre murs d'immeuble pour horizon...

Elle finit son bol de café.

– J'aurais dû t'inscrire en colo, conclut-elle en se levant. Au moins, tu aurais pris l'air.

Valentine ne répondit pas. Qu'importait ce qu'il aurait fallu décider puisqu'il était trop tard ? Passer ses vacances à Montmartre ne lui pesait pas le moins du monde. D'ailleurs, la cour de Mamina n'était pas si triste que ça. Les plantes vertes y croissaient en abondance et la table de jardin qui trônait au milieu lui donnait un vrai petit air de campagne.

Elle s'habilla tranquillement, jean taille basse, top mauve, vieilles baskets, sweat-shirt assez grand pour s'y blottir et somnoler dans le métro.

Pendant le trajet, elle repensa à ce qu'elle avait découvert deux jours plus tôt au fond du vaisselier de Mamina. Cette enveloppe enfouie sous le linge de table l'avait immédiatement intriguée. Ne résistant pas à son incorrigible curiosité, elle avait glissé la main à l'intérieur et en avait tiré quatre vieilles photos.

La première représentait une dizaine de personnes souriantes, serrées les unes contre les autres devant des arbustes couverts de fleurs. La plupart d'entre elles étaient noires. Valentine avait essayé d'y reconnaître quelqu'un, mais le tirage était de mauvaise qualité et les visages flous.

Sur la deuxième apparaissait une maison de plain-pied avec des moustiquaires aux fenêtres. Sur le mur on pouvait lire, peint en caractères irréguliers : Dispensaire de Bobo-Dioulasso. Pas de bitume autour de la maison mais une terre sombre et poussiéreuse. Debout devant la porte, les mains dans les poches de sa blouse blanche, un homme souriait.

Le cœur de Valentine avait battu plus fort devant la photo suivante, un portrait aux bords dentelés. C'était Mamina. Ses épaules découvertes, rondes et fraîches, paraissaient bronzées. Avec ses cheveux épais coupés court, elle était très jolie. Elle devait avoir une vingtaine d'années.

Sur la dernière photo, Valentine avait encore reconnu Mamina, en petite robe à bretelles. L'homme du dispensaire avait la main sur son épaule et elle le tenait par la taille. Ils souriaient tous les deux.

Ils ont l'air si heureux, avait soupiré Valentine. Or Mamina ne s'était jamais mariée. Qui était cet homme qu'elle avait aimé à vingt ans ? Pourquoi ne l'avait-elle pas épousé ? Et pourquoi n'en avait-elle jamais parlé ?

Valentine avait cherché une réponse dans les albums photos. Ils étaient classés par ordre chronologique mais, de cette époque-là, aucune trace. De Mamina et sa sœur en vacances au bord de la mer, quand elles avaient dix-neuf et dix-sept ans, on passait directement à la naissance de Patricia. Valentine avait calculé que cela faisait un trou de cinq ans.

Oserait-elle, aujourd'hui, interroger sa grand-tante sur cette période cachée de sa vie ?

2

Descendue à la station Anvers, Valentine grimpa la rue de Steinkerque de son long pas élastique. À l'approche de Pâques, les touristes affluaient aux abords du Sacré-Cœur et il fallait slalomer entre les groupes pour avancer. Elle sourit. Pourquoi voyager ? Ici, on entendait parler toutes les langues, on changeait de pays à chaque rencontre.

Arrivée en haut des escaliers de la rue Barsacq, elle s'arrêta net. Une ambulance et deux voitures sombres ornées de gyrophares stationnaient le long du trottoir.

Mamina a eu un accident ! pensa aussitôt Valentine. Ou elle s'est fait attaquer ! C'est fragile, une vieille dame de soixante-dix ans !

Un attroupement s'était formé sur le trottoir d'en face. Elle l'ignora et se dirigea droit sur la porte cochère.

– On n'entre pas, ordonna un agent de police en uniforme.

– Mais j'habite là ! protesta Valentine.

Ce n'était pas vrai mais il valait mieux simplifier. Chez Mamina, c'était sa deuxième maison depuis treize ans, donc depuis toujours.

– Qu'est-ce qui se passe ? demanda-t-elle.

En guise de réponse, le policier tira une liste de sa poche.

– Comment vous appelez-vous ?

– Valentine Ardenne. Je suis la petite-fille de Mme Maurin. Il ne lui est rien arrivé, au moins ?

Le policier cocha son nom sur sa liste et la laissa passer. Dans la cour anormalement silencieuse on ne voyait personne, mais à d'imperceptibles mouvements de rideaux, Valentine sentit que tous les habitants étaient derrière leur fenêtre. Elle sonna chez Mamina, fébrile. Son inquiétude augmenta quand un grand type maigre et mal rasé lui ouvrit.

– Je... Je suis Valentine... bredouilla-t-elle.

Le grand type fit un pas en arrière.

– Ah ! Très bien. Entrez, je vous interrogerai dans un moment. J'en finis avec votre tante.

Valentine soupira, soulagée. Mamina, assise dans son fauteuil, lui sourit timidement.

– Qu'est-ce qui se...

Le grand type la poussa dans la cuisine et referma la porte sur elle sans lui donner le temps de finir sa phrase. Elle eut beau coller son oreille contre la serrure, elle ne perçut qu'un murmure incompréhensible. En désespoir de cause, elle se tourna vers la fenêtre.

– Oups !

Deux hommes en blanc traversaient la cour sous ses yeux, transportant sur un brancard un corps dans une housse.

Trois autres types les suivaient de près, l'un portant un gros appareil photo, l'autre une mallette noire, le troisième prenant des notes sur un carnet.

– Ça tue, murmura Valentine. Qui est-ce ?

Et elle fit défiler dans son esprit les habitants du bâtiment B, d'où sortait le groupe.

Au rez-de-chaussée, Peyrolle, le roi de la grolle, avec femme et enfants. Je les déteste, surtout lui avec son air de toujours vouloir vous vendre quelque chose. Son magasin de chaussures est ringard, c'est pas croyable. Pas étonnant que Simon, le fils, soit aussi naze.

De l'autre côté, Jojo, dit Rominet parce qu'il a le même défaut de prononciation que le chat de Titi à qui il ressemble d'ailleurs étrangement : le dos rond, le pas feutré, l'air à la fois bête et rusé. Rominet collectionne depuis l'Antiquité les articles de journaux qui parlent des gens qu'il a connus. C'est peut-être lui qui est mort, étouffé sous ses dossiers…

Au-dessus, Hubert-l'Antiquaire. Toujours tiré à quatre épingles, snob comme pas deux. Mamina le trouve « absolument charmant ». Tellement chic, tellement comme il faut ! Gentil mais la désagréable manie d'évaluer le prix de tout ce que vous avez chez vous.

En face, un jeune étudiant espagnol arrivé depuis peu que j'ai surnommé l'Ombre parce qu'il rase les murs et dit à peine bonjour.

Au-dessus de l'Ombre, le Soleil : Charlotte, journaliste, dynamique et sympathique. Je l'aime bien pour sa vitalité et son optimisme. C'est rare, une journaliste optimiste, pense Mamina. S'intéresser de si près à la nature humaine et ne pas en être dégoûtée, ce n'est pas rare, c'est louche ! pense maman. Le défaut de Charlotte : la longueur et la couleur de ses jupes. Quelle idée de s'habiller aussi court et fluo à son âge !

Au deuxième gauche, au-dessus de l'antiquaire, les Redoux, des profs avec deux jeunes enfants. Ils passent toutes les vacances scolaires dans leur maison du Loiret, donc ils sont absents.

Au-dessus des Redoux, les Pierre. Ah ! M. Pierre... soupira Valentine. Qu'il est beau ! Comment peut-on être aussi beau et avoir une femme aussi antipathique ? C'est louche, dirait maman.

Enfin, en face des Pierre, Mme Saintjean, décédée il y a trois jours à quatre-vingt-seize ans. Ce n'est pas elle qu'on emporte, c'est déjà fait et on l'enterre demain. Alors qui, de tous les autres, est allongé sur ce brancard ?

3

La porte de la cuisine s'ouvrit si brusquement que Valentine poussa un cri.

– À nous ! déclara le grand type.

Il s'assit à califourchon sur une chaise et ouvrit un calepin corné devant lui, s'absorbant aussitôt dans ses hiéroglyphes.

Avec ses yeux pochés et ses cheveux tombant sur les oreilles, on dirait un grand chien de chasse mal nourri, songea Valentine en le dévisageant.

– Lieutenant Bertier de la Brigade criminelle, récita le grand chien d'une traite, sans lever les yeux. Nom, prénom, âge, profession ?

Valentine rougit. Un interrogatoire comme dans les films policiers ! Elle s'appliqua à répondre.

– Ardenne, Valentine, treize ans, collégienne.

Les hiéroglyphes s'allongèrent.

– À quelle heure avez-vous quitté votre grand-tante samedi dernier ?

Elle réfléchit.

– Samedi ? Dix-huit heures trente-cinq.

Le grand chien, étonné, leva le nez de son carnet.

– Comment pouvez-vous être aussi précise ?

– J'ai regardé ma montre pour m'en souvenir.

– Pour quelle raison ?

– Je venais d'être bousculée par un homme que je ne connaissais pas et j'ai trouvé ça bizarre.

– Il sortait ?

– Non, il entrait. C'est moi qui sortais.

Retour aux hiéroglyphes.

– Qu'avait-il de bizarre ?

– Lui, rien. C'est plutôt son comportement. Il m'a bousculée et a continué son chemin sans s'excuser. Et puis je ne l'avais jamais vu auparavant.

– Comment était-il ?

– Pas plus grand que moi, trapu, chauve ; il portait une veste grise et serrait un cartable de cuir sous son bras.

Le grand chien gribouillait à toute allure. Quand il posa à nouveau les yeux sur Valentine, elle se sentit intimidée.

– Quel sens de l'observation ! siffla-t-il, admiratif. Voyons cela...

Il se déplia et fit signe à la jeune fille de l'accompagner dans le salon.

À la description de l'inconnu, Mamina s'exclama :

– C'est Jérôme Saintjean ! Le fils de la dame qui est décédée la semaine dernière.

Le grand chien soupira et griffonna ce qu'elle savait sur Jérôme.

Valentine était affreusement déçue que son inconnu n'en soit pas un. Du coup, le lieutenant ne s'occupait plus d'elle et elle ne savait toujours pas ce qui était arrivé.

– Jérôme est venu inventorier les affaires de sa mère, expliqua Mamina. Il veut louer l'appartement, alors il va contacter les chiffonniers d'Emmaüs pour tout débarrasser. Vous ne voulez rien garder ? que je lui ai demandé. Il m'a répondu en tapotant sa sacoche qu'il venait de récupérer des papiers et des photos. Sa mère lui avait donné ce qui avait de la valeur. Le reste ne m'intéresse pas, je vous confie la clé pour Emmaüs, m'a-t-il dit. Si vous voulez vous servir avant eux, ne vous gênez pas.

– Vous y êtes allée ? questionna le policier.

– Pas encore. Je comptais le faire aujourd'hui.

– Il faudra attendre un peu, pour vous comme pour Emmaüs. Et me remettre la clé. L'enquête va prendre un certain temps. Vous ne comptiez pas quitter Paris ces jours-ci ?

– Ma foi, non.

– Je vous demanderai de rester à notre disposition. Vous connaissez bien les habitants de l'immeuble, d'après ce qu'on m'a dit. Nous reviendrons peut-être vous voir.

Il se toucha le front de deux doigts en signe de salut et sortit.

Il était à peine dans la cour que Charlotte se précipita sur lui, un stylo à la main.

– Lieutenant, je peux vous poser quelques questions ?

– Plus tard, les journalistes ! Attendez dehors ! Claude, j'avais dit de ne laisser entrer que les habitants de l'immeuble !

– Mais c'est une habitante !

Furieux, le lieutenant Bertier s'engouffra dans le bâtiment du fond, poursuivi par Charlotte.

Valentine se tourna vers Mamina, le regard empli de points d'interrogation.

– Qu'est-ce qui s'est passé ?

– Je nous prépare un chocolat ! déclara celle-ci comme si c'était une urgence.

– Qu'est-ce qui est arrivé, à la fin ?

Mamina mit le lait à chauffer et se pencha vers sa petite-nièce.

– Mme Pierre a été assassinée ! souffla-t-elle en riboulant des yeux.

4

– Mme Pierre… assassinée ?

Valentine s'écroula sur une chaise. D'accord, c'était la voisine la plus désagréable de l'immeuble, mais de là à la supprimer…

Un coup de sonnette retentit. Mamina courut ouvrir et introduisit Hubert-l'Antiquaire dans la cuisine. Lui aussi se laissa tomber sur une chaise. Un parfum lourd et sucré s'installa autour de lui tel un convive supplémentaire.

Sous ses cheveux poivre et sel artistiquement tirés en arrière, Hubert était pâle comme un linge. Il attrapa une fiche de recette qui traînait sur la table et s'éventa.

Mamina ajouta du lait dans la casserole.

– Un bon chocolat, ça vous remettra.

– Un a-ssa-ssi-nat ! s'exclama-t-il en détachant les syllabes. Vous vous rendez compte ? Juste au-dessus de ma tête !

– Deux étages au-dessus, Hubert, corrigea Mamina.

Il martela de sa voix rauque et basse :

– C'est ho-rri-ble…

Mamina remplit trois tasses d'un chocolat épais et odorant. Valentine plongea le nez dans la sienne pour y respirer avec délices. Le chocolat de Mamina était, avec raison, célèbre dans tout le quartier.

– Il paraît qu'elle est morte depuis sa-me-di soir ! Deux nuits sous un cadavre ! Comment ai-je pu dormir ? gémit-il.

– Parce que vous ne vous doutiez de rien.

– Comment me serais-je douté ?

Moi, je serais salement vexée d'être voisine d'un assassinat et de n'avoir rien remarqué, se dit Valentine qui avait toujours rêvé d'élucider des mystères. Il est complètement chamboulé, le pauvre homme. Il a même boutonné sa chemise de travers. Quel manque de tenue pour quelqu'un d'aussi soigné !

Tout en écoutant les lamentations de l'antiquaire, elle se tourna vers la fenêtre. Qui le lieutenant était-il allé interroger ? Une silhouette traversait la cour, penchée en avant. Valentine tendit le cou.

Tiens, c'est Peyrolle, le roi de la grolle molle. Il a l'air bien pressé… se dit-elle.

Le petit homme s'engouffra sous le porche et disparut.

– Simon et Praline ne sont pas là ? demanda Valentine, surprise de ne pas voir le garçon jouer avec son ballon de foot entre les plantes vertes, habitude qu'elle trouvait insupportable.

– Ils sont partis trois jours en Normandie avec leur mère. Je crois qu'ils reviennent aujourd'hui.

– Tiens tiens, murmura Valentine, le père-Ole était donc seul ce week-end...

✵

On sonna de nouveau. Cette fois, c'était Patrick Nouvelle, le voisin du dessus. Dans le bâtiment de Mamina il n'y avait qu'un appartement par étage. Au rez-de-chaussée Mamina, au premier Patrick Nouvelle, au deuxième les Greenwich et personne au troisième, les propriétaires vivant aux États-Unis et ne revenant à Paris que l'hiver.

Patrick, submergé par les ennuis, était le chouchou de Mamina qui essayait comme elle pouvait de lui remonter le moral et de lui venir en aide.

– Mamina, c'est Darty en mieux, avait expliqué un jour Valentine à sa mère. À la moindre tuile tu peux compter sur elle. Elle devrait mettre « dépanneuse toutes catégories » comme profession, sur ses papiers.

– Cette manie de rendre continuellement service, j'ai toujours trouvé ça louche, avait grommelé Patricia.

Malgré toute la bonne volonté de Mamina, Patrick était poursuivi par la poisse. C'était d'ailleurs le surnom que lui avait donné Valentine.

Il entra brusquement dans la cuisine et salua à la ronde. Pour une fois, il était rasé et vêtu d'une chemise repassée. Hubert, affalé sur sa chaise, se redressa et tenta de faire meilleure figure.

– Un chocolat ? proposa Mamina.

– Pas le temps, j'ai un entretien pour un poste.

Mamina lui adressa un sourire rassurant.

– Ça va marcher, ayez confiance !

– Qu'est-ce qui se passe ? s'inquiéta Patrick. Il y a des flics qui gardent la porte !

Hubert se pencha vers lui.

– Vous n'êtes pas au courant ? Une de nos voisines a été a-ssa-ssi-née !

Patrick pâlit.

– Qui ? réussit-il à demander, très ému.

– Ma-da-me Pie-rre ! martela Hubert.

– Ah !

Le soulagement de Patrick était visible. Pour qui donc était-il si inquiet ? se demanda Valentine.

– Bon, j'y vais, annonça-t-il et il tourna les talons sans autre cérémonie.

Elle le suivit du regard à travers la vitre.

– Ça va rater, son rendez-vous… Eh ! Le grand chien est de retour ! Il emmène M. Pierre !

Charlotte, la journaliste, les accompagnait et, à la satisfaction de Valentine, se précipita chez Mamina.

– Voilà le bureau des renseignements ! annonça Valentine.

Elle courut ouvrir à la journaliste et l'accueillit avec un large sourire. La voix claire de Charlotte emplit la cuisine :

– Je vois que les meurtres ne dépriment pas tout le monde.

Hubert se renfrogna.

– L'in-con-scien-ce de la jeunesse !

– Alors ? interrogèrent ensemble Valentine et Mamina.

On se resserra autour de la table.

– Tuée d'une balle en plein cœur samedi à la fin de la journée. Personne n'a rien entendu. Les Redoux sont en vacances et Mme Saintjean est décédée, donc pas de voisins proches. Moi, j'étais au cinéma.

Le regard interrogateur de la journaliste s'arrêta sur Hubert.

– J'étais in-vi-té à dî-ner, ma chère. Je suis rentré vers minuit et je n'ai rien re-mar-qué.

Il frissonna.

– On a retrouvé l'arme du crime ? demanda Valentine.

– Non, mais le revolver de M. Pierre a disparu.

– Il avait une arme ? coupa Mamina.

– Il s'entraînait dans un club de tir pour devenir garde du corps. C'est mieux payé que chauffeur.

Comment sait-elle cela ? s'étonna Valentine.

– Autrement dit, conclut Charlotte, c'est le suspect numéro un.
– Il n'a pas d'alibi ? s'inquiéta l'adolescente.
– Il était chez une petite amie pour le week-end mais cela ne prouve pas grand-chose.
Hubert leva les yeux au ciel.
– Quel i-diot ce serait s'il avait tué sa femme avec son pro-pre re-vol-ver et seulement sa petite amie pour a-li-bi !
– À moins qu'il soit très intelligent, au contraire, répondit Charlotte. Autant de preuves accablantes finissent par convaincre que le suspect n'est pas coupable mais victime d'un complot. Ça s'est déjà vu.
– Qui a découvert le corps ? demanda encore Valentine.
– M. Pierre. Il rentrait se changer, pensant que sa femme était partie travailler.
L'adolescente soupira. Il était dans de beaux draps, son monsieur Pierre.
– Quelle idée, aussi, d'avoir épousé cette femme ! laissa-t-elle échapper.
– Ça, tu peux le dire ! renchérit Hubert.
Charlotte se leva.
– Bon, il faut que je file. J'envoie mon article et je fais un saut à la P.J. Je vous tiendrai au courant.
Hubert s'ébroua à son tour, semblant sortir d'un rêve.

– Mon Dieu ! Dix heures passées ! Et mon magasin qui m'attend !

Il fit claquer un baiser sur la joue de Mamina, posa noblement la main sur l'épaule de Valentine et s'en alla en hochant la tête, la mine bouleversée.

Mamina s'assit en face de Valentine. Sous ses boucles de cheveux blancs, ses yeux bleus habituellement empreints de tendresse se chargèrent de reproches.

– N'imagine pas que tu vas mener l'enquête de ton côté, gronda-t-elle gentiment.

– Moi ? Quelle idée !

– Si tu crois que je ne t'ai pas vue venir avec tes questions de détective de roman policier ! Depuis que tu es petite tu ne lis que ça. Ce n'est pas sain, pour une fille de ton âge.

Valentine sourit.

– Ne t'inquiète pas, je te promets de ne pas arrêter l'assassin moi-même.

Elle embrassa sa grand-tante affectueusement et lui lança avant de sortir :

– Je reviens pour déjeuner !

5

Une fois dehors, Valentine se dirigea droit vers le bâtiment B, monta les escaliers quatre à quatre et s'arrêta au troisième étage en frissonnant. Derrière chacune des deux portes, une femme était morte à trois jours d'intervalle. Sur celle des Pierre, elle remarqua la bande de papier et le cachet de cire des scellés.

Dommage, j'aurais bien examiné les lieux, se dit-elle, s'imaginant la loupe à la main et la pipe au bec.

Elle s'approcha. Aucun signe suspect sur la serrure. Soit l'assassin s'est fait ouvrir, soit il avait la clé, soit il est entré par une fenêtre, réfléchit-elle. Si c'est M. Pierre, les options une et deux peuvent être retenues.

Elle jeta ensuite un coup d'œil à la porte de Mme Saintjean. Rien à signaler là non plus. Consciencieuse, elle gravit les marches étroites de l'escalier des combles. La lumière du jour tombait d'un vasistas, éclairant un couloir bas de plafond jalonné de portes cadenassées. Valentine les vérifia toutes mais elles ne voulurent pas s'ouvrir.

Déçue de n'avoir découvert aucun indice, elle redescendit, observant attentivement les escaliers. Hélas rien ne laissait supposer qu'on s'était introduit par là pour assassiner Mme Pierre. Pas de trace de boue, de sang ou de lutte, pas d'empreinte de chaussure ni de morceau de tissu déchiré, pas même un mégot de cigarette. Au rez-de-chaussée, elle posa un regard soupçonneux sur la porte des Peyrolle.

– Lui, je le mettrais bien suspect numéro un à la place de M. Pierre, soupira-t-elle.

Poussée par son incorrigible curiosité, elle colla un œil à la serrure. Des bruits de pas la firent se redresser d'urgence. Trop tard ! Simon était au milieu de la cour.

– Salut, Val ! Tu me cherchais ?

Valentine rougit.

– N'importe quoi ! Je guettais l'ombre de ton intelligence. Elle doit bien être quelque part…

Le garçon sourit sans se vexer. Avec Valentine, c'était comme ça depuis qu'il avait refusé de lui prêter son vélo, quatre ans plus tôt, mais elle ne se souvenait pas de l'origine de leur petite guerre. Les mains enfoncées dans les poches de son blouson, la casquette vissée sur la tête, il approchait tranquillement. Valentine constata avec humeur qu'il la dépassait d'une dizaine de centimètres. Elle recula d'un pas.

– Alors, il paraît qu'il y a eu un meurtre ? Cool…

– Ouais. C'est le facteur l'assassin, marmonna Valentine.

Elle amorça une tentative de fuite.

– Je croyais que c'était le mari le principal suspect, répondit Simon en lui barrant le chemin.

– Quel manque d'imagination !

– Tous les assassins n'en ont pas. Regarde Jack l'Éventreur. Avec un nom pareil, il aurait au moins pu noyer ses victimes.

Ce Simon, il était trop bête.

Valentine réussit à se faufiler jusqu'à la cour. M. et Mme Peyrolle, accompagnés de la petite Praline, étaient en grande discussion avec Jojo, leur voisin d'en face, sous le porche. Elle se retourna vers Simon.

– On ne vous l'a pas encore dit mais les soupçons se portent sur ton père, lui confia-t-elle.

– Très drôle. J'aurais plutôt parié sur ta grand-mère. Le style bonne-maman, ça ne fait pas toujours que des confitures. Ce n'est pas normal de passer son temps à rendre service aux autres. Je parie qu'elle a des tas de choses à cacher.

Touché. Valentine revit, l'espace d'un instant, les mystérieuses photos glissées au fond du vaisselier à propos desquelles elle ne savait encore rien.

– D'abord, ce n'est pas ma grand-mère.

Les Peyrolle approchaient.

– Quelle horreur ! se lamentait la mère. Je ne vais plus oser ouvrir ma porte !

– Ne t'inquiète pas, je suis sûr que tu n'es pas en danger, la rassura son mari sur le ton de quelqu'un qui le regrette.

– C'est la méchante dame qui est morte ? questionna Praline en tirant le bras de sa mère.

– Chut ! Veux-tu te taire ! Bonjour, Valentine !

– Qui est la méchante dame ? demanda Valentine à Simon quand ses parents eurent refermé la porte sur eux.

– Ta grand-mère. Non, je rigole. Praline s'est fait engueuler par Mme Pierre, un jour, parce qu'elle jouait dans les escaliers. Sœur Sinistre a cru qu'elle écoutait aux portes. Elle a failli la gifler.

– Sinistre, c'est bien vu, mais sœur, je comprends moins.

– Les fringues. Elle était toujours habillée en gris. Et puis, côté sexe, il y a plus torride. La journaliste, par exemple. « Charlotte, on voit ta... »

– Ça va, j'connais, le coupa Valentine qui l'avait entendu cent fois chantonner ce refrain.

– Remarque, je ne me plains pas, habitant au rez-de-chaussée...

Mais Valentine s'éloignait déjà à grands pas vers la porte cochère.

6

Une fois dans la rue, Valentine bifurqua à gauche.

– Vite, chez oncle Hugo, murmura-t-elle. Le lundi, il ne travaille pas.

Elle descendit vers la place des Abbesses puis tourna à droite pour rejoindre la rue Lepic.

C'est le printemps ! pensa Valentine en levant le nez vers les arbres aux feuilles tendres. Mamina a de la chance, c'est plus gai ici que chez nous. Par moments, on oublie presque qu'on est en ville. Avec les ruelles pavées qui se tortillent pour grimper jusqu'en haut de la Butte et les petits commerçants d'un autre âge, on se croirait à la campagne.

Valentine poussa une porte dont le chambranle s'inclinait dangereusement. À Montmartre, les murs d'équerre sont rares. Elle attaqua les escaliers étroits aux marches de guingois.

Chez son oncle Hugo, c'était le contraire de chez Mamina. Sixième étage sans ascenseur, studio de cinquante mètres carrés – autant dire immense pour un studio parisien –, mobilier moderne, couleurs claires et pas une seule plante verte. Même pas un petit bouquet de fleurs. Plus tard, chez moi, il y aura toujours des fleurs, pensa Valentine.

Pas de chocolat chaud non plus. Hugo, c'est le roi du cocktail.

Mmm ! Un bon cocktail de fruits exotiques ! songea-t-elle en enfonçant la sonnette, essoufflée.

La porte s'ouvrit sur un jeune homme décontracté mais vêtu avec recherche, pantalon à la dernière mode, chemise de marque, chaussures bien entretenues. Sous ses cheveux bruns très courts brillaient ses yeux bleus au coin desquels de minuscules rides commençaient à apparaître. Hugo allait avoir trente-cinq ans et ne les faisait pas.

– Le secret de ma forme ? Le sport et le sauna, aimait-il répéter en oubliant de citer les séances d'U.V.

Ils s'embrassèrent.

– Valentine ! Quelle bonne surprise !

– Tu ne sais pas la dernière ? clama Valentine en s'effondrant sur le canapé. Mais d'abord, à boire. Six étages, ça tue !

Hugo passa dans le coin cuisine et ouvrit le frigo.

– Qu'est-ce qui se passe ? Le coup de foudre ?

Il sortit plusieurs bouteilles et attrapa un shaker argenté sur une étagère. Valentine vint s'appuyer au bar.

– Tu ne devineras jamais.

– J'ai écouté les infos, ce matin, et je n'ai rien entendu de sensationnel. C'est un événement national ?

– Non.

– Familial ?

– Presque.

– Ça te concerne ?

– De loin.

– Patricia ?

– Encore moins.

– Mamina ?

– Tu te rapproches.

Hugo se redressa.

– Elle a gagné au loto !

– Il faudrait qu'elle joue ! Tu sais bien qu'elle se fiche d'être riche un jour.

Il réfléchit en secouant le shaker.

– Si elle était malade, tu n'aurais pas cette mine réjouie.

– J'ai la mine réjouie ? s'inquiéta Valentine. Tu es sûr ?

– Certain.

– Désolée. Je ne devrais pas.

– Ah ! Il est donc arrivé un malheur... à M. Peyrolle ?

– Non, mais tu brûles.

– Simon t'a déclaré sa flamme !
– N'importe quoi !
– Voyons... J'ai trouvé ! M. Pierre divorce !
– Pire !
– Pire ? Je donne ma langue au chat.
Valentine se pencha au-dessus du bar.
– Il s'agit bien des Pierre.
Elle marqua un silence pour ménager son effet.
– Mme Pierre a été a-ssa-ssi-née ! annonça-t-elle en adoptant malgré elle l'intonation d'Hubert.
Hugo émit un long sifflement.
– Un crime chez Mamina ! Si tu racontes ça à ta mère, elle t'envoie en colo direct.
– Pas de blague ! Camembert ! s'affola Valentine. Je compte sur toi !
– Qu'est-ce que tu m'offres ?
– Ce que tu veux.
Il remplit deux verres d'un liquide rose orangé, les yeux rieurs.
– Ça te déplairait tant, d'aller en colo ? Tu n'en as pas marre de la cour de Mamina ?
– Pourquoi veux-tu que j'en aie marre ? s'étonna Valentine.
– Franchement, ce n'est pas top, comme club de vacances. Moi, j'en avais ma claque à ton âge.
– Je n'habite pas là, je ne viens que de temps en temps. Et puis la présence de Mamina m'apaise. Je ne pourrais pas t'expliquer pour-

quoi. Quand je suis énervée ou triste, je passe une heure avec elle et ça va beaucoup mieux.

– Exact, je le reconnais. Elle me fait le même effet.

– Dommage que maman n'ait pas hérité du don...

– Qu'est-ce qui te dit que c'est un don ? Peut-être que ça s'apprend.

– C'est trop... surnaturel.

Valentine but une gorgée et ferma les yeux.

– Goyave, banane, orange sanguine, déclara-t-elle soudain avec certitude.

– Quinze sur vingt. Pas d'orange mais du pamplemousse rose.

Après un moment de réflexion, elle demanda :

– Tu ne crois pas qu'il faut avoir vécu quelque chose de terrible pour devenir comme ça ?

– « Comme ça » comment ?

– Aussi généreuse, aussi bonne, aussi douce et calme. Tu trouves ça normal, toi ?

– Je ne me suis jamais posé la question.

– Moi, je commence à me la poser. On dirait qu'elle a une mission à remplir. Non ?

Hugo hocha la tête, dubitatif.

– Tu as vraiment de ces idées ! Tu trouves ça si extraordinaire, la bonté ?

– C'est rare d'être désintéressé à ce point. Et s'il y avait une raison ?

7

– Je n'imagine pas Mamina avoir des secrets, dit Hugo en finissant son verre.

– Détrompe-toi ! Samedi, j'ai trouvé des photos cachées au fond d'un de ses tiroirs : Mamina jeune, avec un homme, en Afrique.

Les yeux d'Hugo s'arrondirent.

– Qu'est-ce que tu racontes ? Mamina n'est jamais descendue en dessous de la Garonne.

– Que tu crois ! Le dispensaire de Bobo-Dioulasso, c'est pas en Normandie ! J'ai vérifié.

– Bobodiou la quoi ?

– Bobo-Dioulasso. C'est au Burkina Faso. Tu n'aurais jamais pensé que Mamina avait voyagé sur un autre continent, hein ? J'ai étudié ses albums de famille. Il n'y a aucune photo d'elle entre dix-neuf et vingt-quatre ans. Trop bizarre, non ?

Hugo hocha la tête.

– Sans parler du type avec qui elle est photographiée ! continua Valentine d'un air entendu. Tu sais, elle était hyper mignonne quand elle était jeune. Elle aurait dû se marier, non ?

Hugo soupira.

– Elle n'y tenait peut-être pas. On n'est pas obligé de se marier, dans la vie.

– D'accord. Mais de là à rester seul ! Ça te plaît, toi ?

Hugo haussa les épaules sans répondre. Valentine poursuivit :

– Moi, je veux une V.D.F., une vraie !

– Une quoi ?

– Une Vie De Famille, répondit Valentine, rêveuse.

– Si tu me racontais cette histoire de meurtre plutôt ?

Valentine ne se fit pas prier et entreprit un récit détaillé des événements de la matinée.

– J'étais très déçue que mon inconnu croisé samedi soir soit le fils de Mme Saintjean, conclut-elle. C'était un beau suspect. Tu l'as déjà vu, toi, ce Jérôme ?

– Jamais. Je ne savais même pas qu'il existait.

Valentine resta interloquée. Comment Hugo, qui avait longtemps vécu chez Mamina, pouvait-il ne pas le connaître ?

– Mamina s'est fait arnaquer grave ! s'exclama-t-elle. Ce n'est pas le fils de Mme Saintjean. C'est l'assassin !

– Et il se serait poliment présenté à Mamina avant de partir ? Il n'est pas très malin, ton assassin.

Mais Valentine ne tenait plus en place.

– Il faut que j'en sache davantage sur lui. Tu m'accompagnes ?

– C'est parti.

Hugo attrapa sa veste et suivit Valentine dans les escaliers.

Mamina les accueillit à bras ouverts.

– Entrez, mes enfants. Je me demandais justement quelle quantité de pâtes j'allais mettre à cuire.

– Q.D.N. ? s'inquiéta Valentine en disposant le couvert dans la cuisine.

– Oh ! Pas grand-chose… répondit Mamina, habituée à la formule que Valentine utilisait pour dire « Quoi de neuf ». Hugo, si tu nous préparais la sauce tomate dont tu as le secret ? J'ai du basilic et de l'origan. L'huile d'olive est dans le placard.

– Allons-y.

– Ne change pas de sujet, Mamina. Pas grand-chose, ce n'est pas rien, insista Valentine. Qu'est-ce qu'il y a eu ?

Mamina s'assit. Elle hésitait.

– Vous ne le répéterez pas ?

– Promis juré craché.

Valentine trépignait d'impatience. Hugo, qui épluchait un oignon, tendit l'oreille avec intérêt.

– Jérôme m'a téléphoné.
– Le Jérôme de samedi ? s'étonna Valentine.
– Pourquoi ça ? s'enquit Hugo.
– Pour me demander de ne pas parler de son passage ici, répondit Mamina.
Valentine bondit.
– Tu vois ! s'exclama-t-elle à l'adresse de son oncle.
– Il ne veut pas être mêlé à cette histoire. Il a eu des ennuis avec la police il y a dix ans et il n'a aucune envie que cela recommence. Ça n'a rien d'extraordinaire, conclut Mamina.
Mais en son for intérieur elle s'interrogeait car, c'était sensible au téléphone, Jérôme était paniqué.
– Tu lui as dit que c'était trop tard, que tu en avais déjà parlé ?
– Bien sûr.
– Qu'est-ce qu'il a répondu ?
– Mer... credi.
Mamina ne prononçait jamais de grossièreté. Quand Hugo était plus jeune il avait multiplié les ruses pour lui en faire dire sans y parvenir une seule fois.
– L'enterrement de sa mère aura lieu demain, reprit Mamina. Il sera donc obligé de se rendre à l'église et au cimetière. Si le lieutenant veut le trouver, il n'aura guère de difficulté.
– J'espère bien ! s'exclama Valentine.

– Quel acharnement ! remarqua Hugo en jetant son oignon haché dans la poêle.

– Qu'est-ce que tu as contre ce pauvre Jérôme ? demanda Mamina à Valentine.

– J'aimerais bien savoir d'où il sort, ce « pauvre » Jérôme dont personne n'avait jamais entendu parler jusqu'à samedi soir.

– Mais... de chez lui. D'où veux-tu qu'il sorte ?

– Tu l'avais déjà vu ?

Mamina était prise au dépourvu.

– ... Non, avoua-t-elle. Jamais.

8

Un coup de sonnette retentit. Mamina alla ouvrir et revint aussitôt, précédée de Charlotte.

– Mmmm ! Ça sent bon !

– Valentine, ajoute un couvert.

– C'est gentil mais j'ai très peu de temps.

– C'est presque prêt, assura Hugo. De toute façon ma sauce tomate est irrésistible.

Valentine jeta un regard oblique à la mini-jupe fuchsia et au collant à dessins turquoise.

– Même pas assortis, soupira-t-elle.

– Il y a du nouveau, annonça la journaliste en s'asseyant. J'ai eu des tuyaux par l'inspecteur Serge Merlin, mon ex-beau-frère. Il travaille avec Bertier sur cette affaire.

– On a trouvé l'assassin ? coupa Valentine.

– Pas encore, c'est un peu tôt mais la liste des suspects s'allonge. M. Pierre a énuméré tous les ennemis de sa femme et les bonnes raisons qu'ils avaient de vouloir se débarrasser d'elle. Vous n'imaginez pas ce qui se passe dans cet immeuble ! Peyrolle, d'abord. Vous saviez qu'il joue aux courses ? Et pas des petites sommes ! La plupart du temps, il gagne.

Pas beaucoup mais toujours assez pour se refaire. Il y a six mois, il a cru à un coup extraordinaire, un tuyau d'un cinglé comme lui. Il a joué trente mille euros ! Il a tout perdu. Pour que sa femme ne se doute de rien, il est allé trouver Mme Pierre. Il savait qu'elle voulait racheter les combles de l'immeuble. Il lui a signé une reconnaissance de dette, lui promettant l'acquisition de leur grenier s'il ne l'avait pas remboursée six mois plus tard. Mme Pierre a accepté, vous pensez ! Elle lui a avancé les trente mille euros. Et il ne les lui a pas rendus.

Hugo posa le plat sur la table. Il embaumait le basilic et l'huile d'olive. Valentine se tourna vers Mamina qui s'apprêtait à servir.

– Qu'est-ce que c'est que cette histoire de combles ?

– Mme Pierre voulait racheter les greniers de l'immeuble pour les transformer en grand appartement avec vue sur tout Paris, expliqua Charlotte. Elle devait pour cela convaincre chacun des propriétaires de les lui vendre, mais personne n'était d'accord.

– Pourquoi ? Vous auriez pu demander beaucoup d'argent.

– Valentine ! gronda Mamina. La tranquillité n'a pas de prix. Tu imagines notre cour avec des tonnes de gravats et des travaux pendant plusieurs mois ?

– Évidemment, toi, l'argent, tu t'en fiches, mais regarde Patrick Nouvelle par exemple, il en aurait besoin.

– Patrick n'est que locataire. C'est Jojo le propriétaire de son appartement.

– Et il ne veut pas vendre son grenier non plus ? Il est plein de journaux datant de la Première Guerre mondiale, je parie.

– Jojo n'aimait pas beaucoup Mme Pierre, qui n'était sympathique à personne, intervint Charlotte, mais il avait lui aussi une vraie raison de lui en vouloir. Vous vous souvenez de Melchior ?

– Son labrador ? Il était super gentil, se rappela Hugo. On allait parfois se promener ensemble. Jamais une bagarre ni un aboiement.

– Quel drame quand il est mort ! se remémora Mamina.

– Il était très jeune.

– Trois ans. J'allais en avoir dix, précisa Valentine.

– On n'a jamais su ce qu'il avait eu, conclut Hugo.

– Eh bien moi, je le sais !

Charlotte enfourna une pleine fourchetée de spaghettis fumants, laissant planer un silence impatient.

– À cette époque-là, Mme Pierre avait une bicyclette qu'elle utilisait pour se rendre à l'hôpital où elle travaillait. Huit jours avant sa mort, vous vous en souvenez peut-être, Melchior a été malade. Il avait dû manger une cochonnerie au cours d'une promenade et ça l'avait détraqué. Jojo le sortait aussi souvent que possible, mais il n'a pas vu que son chien avait déposé une crotte bien molle sur la roue du vélo de Mme Pierre, rangé dans la cour.

– Et alors ? demanda Valentine. Elle n'a quand même pas tué Melchior à cause d'une crotte ?

– Si.

– Quoi ?

Mamina était horrifiée.

– Quand on est médecin, rien de plus facile que de fabriquer une boulette empoisonnée, poursuivit Charlotte. Jojo n'en a rien su jusqu'au mois dernier. Mme Pierre est venue le voir pour le convaincre de lui vendre son grenier, mais elle a échoué et elle est partie furieuse. Sur le palier, elle lui a lancé : « Vous feriez bien de réfléchir si vous ne voulez pas finir comme votre sale chien ! Je me ferai un plaisir de vous préparer la même recette. » Son mari l'a entendue, l'a questionnée, et elle lui a expliqué fièrement ce qui s'était passé.

– Quelle méchante femme ! s'offusqua Mamina.

– Ce n'est pas un mobile suffisant pour tuer quelqu'un, fit remarquer Hugo.

– Jojo adorait son chien. Apprendre qu'il avait été empoisonné l'a peut-être rendu fou. C'est ce que prétend M. Pierre, qui l'a croisé dans la rue peu après. Le pauvre homme en tremblait de chagrin et de haine. M. Pierre lui a assuré qu'il n'y était pour rien et a tenté de le calmer mais l'autre ne parlait que de vengeance.

– Il sait se servir d'une arme ? s'inquiéta Hugo.

– Jojo était militaire, répondit Charlotte. C'est donc une piste sérieuse pour la police.

– À propos de police…

Mamina, qui desservait, désigna la fenêtre. Le lieutenant Bertier et un de ses inspecteurs traversaient la cour à grands pas et s'engouffraient dans le bâtiment du fond.

– J'y vais ! s'exclama Charlotte en se levant précipitamment. Merci pour le repas !

9

– Eh bien, Mme Pierre avait le don de se faire des amis ! soupira Hugo en lavant la vaisselle. Je me demande ce qu'on va encore découvrir.

– Ce que j'aimerais bien découvrir, moi, c'est pourquoi personne n'a jamais vu ce prétendu Jérôme avant samedi dernier, grommela Valentine. Tu es sûre que Mme Saintjean avait un fils, au moins ?

– Valentine est persuadée qu'il s'agit d'un imposteur, expliqua Hugo.

– Elle avait bien un fils. Ils s'écrivaient régulièrement. Je le sais, c'est moi qui lui montais son courrier. Mais ils se sont disputés quand Jérôme était jeune, répondit Mamina en servant le café.

– Qu'est-ce qui les avait fâchés au point de ne plus se voir ? s'étonna Valentine.

– Ça… mystère. Qui sait s'ils s'en souvenaient eux-mêmes. Est-ce que tu sais pourquoi tu en as toujours après Simon, toi ?

Valentine écarquilla les yeux.

– Évidemment ! C'est le garçon le plus naze que j'aie jamais rencontré. Pas besoin de chercher loin.

Mamina sourit. Deux silhouettes se dessinèrent derrière la fenêtre de la cuisine et frappèrent de petits coups au carreau. Elle se leva pour ouvrir. Un couple se tenait dans la cour, la quarantaine, elle artistiquement maquillée et coiffée, lui d'allure sportive, tous deux vêtus de beaux lainages écossais. Chacun portait un long tube de carton bouilli sous le bras.

– Où sont le enquête ? demanda l'homme avec un fort accent anglais.

– L'enquête ?

– Sur le killer, isn't it !

– Je ne sais pas, répondit Mamina. La police interroge les suspects.

– Il y a plousieurs ? s'inquiéta la femme.

– J'espère le killer est vite trouvé, conclut l'homme. Bon journée à vous.

Il souleva légèrement sa casquette de tweed tandis que sa femme inclinait la tête et ils s'éloignèrent, très dignes.

– Ils se nourrissent de manches à balai au petit déjeuner, les Greenwich ? s'étonna Valentine. Je croyais que c'étaient plutôt des œufs au bacon.

– Si chacun était aussi correct que ces gens-là, la vie en société serait plus facile, soupira Mamina.

Valentine et Hugo échangèrent un regard entendu.

– Corrects, ça dépend où et avec qui. On les a vus un jour s'énerver après un gamin en rollers, raconta Hugo. Il les avait bousculés et un de leurs tubes avait roulé dans le caniveau. En anglais, ils n'étaient pas corrects du tout, tu peux me croire.

– J'aimerais bien savoir ce qu'ils cachent dans leurs boîtes à rallonge, murmura Valentine.

– Quand cesseras-tu de te mêler de ce qui ne te regarde pas ? lui reprocha Mamina, vexée d'apprendre qu'elle se trompait sur ses voisins.

– Quand je saurai tout sur tout le monde, tiens ! Tu le sais, toi, ce qu'ils font comme métier, les Greenwich ?

– Je ne le leur ai pas demandé, répondit Mamina, boudeuse.

– Mais tu le sais ?

– Pas exactement. Ils assistent parfois à des ventes aux enchères chez Drouot. Il semble qu'ils soient spécialistes de peinture. Enfin c'est ce que dit Hubert.

– Au fait, comment va-t-il, ce vieil Hubert ? s'enquit Hugo avec un intérêt sincère.

– Il n'était pas brillant, ce matin. Le meurtre de Mme Pierre l'a beaucoup secoué.

– Secoué ? ricana Valentine. Tu veux dire qu'il était mort de trouille, oui. « Un ca-da-vre au-dessus de ma tête ! Quelle ho-rreur ! »

Hugo sourit.

– Ne te moque pas, vilaine fille. Hubert a un cœur d'or, l'air de rien.

– C'est pour ça qu'il ne peut rien voir d'ancien sans coller un prix dessus ? Je parie qu'il connaît mieux que Mamina le contenu de ce buffet.

– Mon Dieu ! s'exclama la vieille dame. Avec cette histoire, j'ai complètement oublié mon nettoyage !

Hugo se leva précipitamment.

– Bon, il est temps que je me sauve.

Il embrassa sa tante et sa nièce puis s'éclipsa sans attendre.

✵

Dans la cour, on l'entendit saluer quelqu'un. Valentine regarda par la fenêtre.

– C'est Frédéric ! Laisse tomber le buffet, Mamina. C'est mort.

Frédéric et Mamina avaient fréquenté la même école, rue Foyatier. À cette époque Frédéric était un drôle de pistolet, comme disait Mamina. Une graine de racaille, quoi, traduisait Valentine. Or, à vingt ans, il avait hérité d'une grosse fortune et n'avait plus eu besoin de travailler, ce qui, bizarrement, l'avait assagi.

Il consacrait maintenant une partie de son temps et de son argent à une association d'aide aux handicapés. Mamina y participait en tant que bénévole et cela leur donnait l'occasion de se rencontrer régulièrement.

– Avec M. Pierre chez les flics, il se retrouve sans chauffeur, le milliardaire. Il habite où, déjà ?

– Avenue Junot, à deux pas, répondit Mamina en allant ouvrir la porte.

Un petit homme rond et affable lui tendit les bras.

– Nathalie ! Comment vas-tu ? Je ne te dérange pas, au moins ? Mais c'est la petite Valentine qui est là ! Comme elle a grandi ! Elle est tout à fait charmante !

Valentine le salua rapidement et profita de son arrivée pour s'échapper. Ils n'avaient pas les mêmes souvenirs d'enfance, tous les trois, et elle ne voulait pas déranger.

10

Mme Saintjean fut enterrée au cimetière des Batignolles, où son mari l'attendait depuis belle lurette. Il y eut d'abord une cérémonie religieuse à l'église du même nom. Valentine s'y trouvait avec Mamina et quelques habitants de l'immeuble : Jojo, Charlotte en minijupe vert fluo malgré les circonstances, les quatre Peyrolle et Hubert-l'Antiquaire.

Patrick Nouvelle n'avait pas pu venir à cause d'une fuite d'eau dans sa salle de bain et les Greenwich ne connaissaient pas assez Mme Saintjean pour se déplacer. Quant à M. Pierre, il était toujours en garde à vue.

Jérôme Saintjean se tenait derrière le cercueil, en costume sombre. S'il avait pu se rendre invisible, il aurait mieux respiré. Il lançait constamment des regards en biais sur sa droite et sur sa gauche comme s'il craignait qu'un bataillon de policiers ne lui tombe dessus par surprise.

En fait de bataillon, il n'y avait là que l'inspecteur Serge Merlin et un de ses collègues, en tenue sombre eux aussi, et tâchant également de passer inaperçus. Difficile, pourtant, de camoufler leurs deux silhouettes massives derrière une colonne d'église.

Valentine les observait du coin de l'œil. Ils chuchotaient tels des conspirateurs et elle les trouvait plutôt comiques. Elle n'était pas la seule : Simon, juste devant eux, était loin d'avoir une tête d'enterrement. Il souriait même franchement !

Jusqu'au cimetière on n'échangea guère de paroles, puis ce furent les condoléances. Quand les policiers se présentèrent à leur tour, Valentine crut que Jérôme allait tomber dans les pommes. Mais ils ne l'arrêtèrent pas et s'éloignèrent tranquillement, comme des amis de la famille.

Avant de quitter les lieux, Valentine entraîna Mamina entre les tombes pour lire les épitaphes. Toutes ces vies réduites à une pierre gravée de quelques mots la fascinaient. Charlotte les rejoignit.

– Ils n'ont pas arrêté Jérôme ! Quel dommage ! chuchota Valentine.

– Ils n'étaient là que pour l'impressionner. Jérôme n'est sans doute pas l'assassin, toutefois il a très bien pu être témoin de quelque chose. Le problème, c'est qu'il a une peur bleue de la police. Il ne l'aidera jamais de son plein gré. Bertier essaye de l'intimider mais je ne suis pas sûre que ce soit la bonne méthode.

– Pauvre Jérôme, soupira Mamina toujours prête à compatir.

– Pourquoi a-t-il si peur des flics ? demanda Valentine.

– Ça, je ne sais pas.

– Et Mme Pierre ? Quand est-ce qu'on l'enterre ? poursuivit l'adolescente.

– Mystère. Les résultats de l'autopsie ne sont pas encore connus. J'ai l'impression qu'il y a un truc qui cloche.

La curiosité de Valentine fut piquée au vif.

– Quel genre ?

Charlotte haussa les épaules en signe d'ignorance.

– Serge n'a pas été très bavard avec moi, ce matin. Mon article d'hier lui a peut-être déplu. Vous l'avez lu ?

Valentine rougit. Elle ne pouvait pas avouer à Charlotte qu'elle n'y avait pas pensé !

– Ce n'est pas grave, enchaîna la journaliste. C'est celui de ce soir qui est intéressant. Les pistes continuent de se multiplier. Je n'ai pas le temps de vous expliquer dans le détail, ce serait trop long, mais ne ratez pas le prochain numéro de *La Capitale*.

Elle s'éloigna rapidement, l'air mystérieux.

Si les tombes étaient transparentes, les squelettes se rinceraient drôlement l'œil, se dit Valentine.

Soudain, un homme surgit de derrière une pierre tombale comme un diable de sa boîte. Valentine poussa un cri.

C'était Jérôme Saintjean qui, essoufflé, les yeux à moitié hors de la tête, attrapa la main de Mamina et la serra convulsivement.

– Ah ! Mamina ! Je voulais vous remercier pour... enfin pour... et vous dire au revoir. Je file avant qu'on ne me fasse disparaître.

– Que voulez-vous donc dire par là, mon pauvre Jérôme ?

– Je suis menacé ! Une lettre, arrivée la semaine dernière. J'aurais dû la lire plus tôt mais je n'étais pas chez moi. Si, comme on le prétend, la même a été envoyée à ma mère, elle n'y aura pas survécu...

Sa voix se brisa.

– Votre mère était très âgée et nous n'avons trouvé aucune lettre inquiétante auprès d'elle, le rassura Mamina. Pourquoi ne demandez-vous pas l'aide de la police si vous vous sentez en danger ?

– La police ? glapit Jérôme, aussi scandalisé que si Mamina avait prononcé une énorme grossièreté. Mais la police EST un danger. Je n'ai pas le choix, je DOIS me cacher.

– Laissez-moi un moyen de vous joindre si nécessaire, insista Mamina.

Jérôme hésitait.

– *La Capitale* ! s'exclama Valentine. Lisez *La Capitale* tous les jours. Les articles de Charlotte vous renseigneront sur le déroulement de l'enquête et, si nous avons besoin de vous contacter, nous y passerons une petite annonce.

Jérôme lâcha la main de Mamina pour serrer chaudement celle de l'adolescente et s'enfuit en courant.

– Quel drôle de type ! déclara Valentine. Je me demande quels ennuis il a eus pour avoir si mauvaise opinion des flics.

Elle lança un regard interrogateur à sa grand-tante.

– Tu es sûre que tu n'es pas au courant ?

– Absolument sûre.

Il faudra que je me renseigne, songea-t-elle. C'est trop bizarre. Mais à qui demander ?

Soudain, elle se frappa le front. Mais oui, bien sûr ! Elle pressa le pas, tirant Mamina par la manche.

– Tu es bien impatiente, tout à coup !

11

Dans la cour de l'immeuble, Simon les attendait. Enfin c'est l'impression qu'il donna à Valentine. Mamina dit à sa petite-nièce qu'elle n'avait pas besoin d'elle, un sourire complice sur les lèvres.

Valentine rougit.

Elle va croire que je me dépêchais pour retrouver cet idiot ! soupira-t-elle.

Simon ricanait comme à l'église et Valentine, qui avait d'abord songé à lui tourner le dos, le regarda droit dans les yeux.

– Salut !

– Salut Val !

– Toi, au moins, tu t'amuses aux enterrements !

– Tu m'étonnes ! Il y avait deux gars derrière moi qui n'arrêtaient pas de se chuchoter des histoires drôles, un vrai bonheur !

Qu'est-ce que les flics ont pu se dire de si comique ? se demanda Valentine, excédée par le sourire moqueur de Simon.

– Vas-y, crache ! Tu n'attends que ça depuis que tu es rentré. Mais fais gaffe, j'en sais peut-être plus que toi.

Simon entraîna Valentine sous le porche pour l'éloigner des fenêtres de Mamina.

– Tu savais que ta grand-mère avait un casier judiciaire ?

Valentine, qui n'en crut pas un mot, resta de marbre.

– C'est ça, ton histoire drôle ? T'es bourré d'humour, comme garçon. Remarque, j'en ai une qui vaut bien la tienne.

Elle hésita. Simon était tout déconfit de sa réaction. Elle pouvait l'enfoncer en quelques mots : père-tiercé-dettes-ruiné...

– Je préfère encore me taire. Mais tu ferais bien de te surveiller, bientôt, tu seras le portrait de ton père et ce n'est pas un compliment.

Sur ces mots elle tourna les talons, laissant Simon abasourdi.

– Et ce n'est toujours pas ma grand-mère ! lui cria-t-elle avant de claquer la porte.

✵

– Que se passe-t-il ? s'inquiéta Mamina devant le visage rouge de Valentine.

– Rien. C'est Simon, il est trop bête.

Mamina n'insista pas.

– Un chocolat chaud ? proposa-t-elle.

Mais Valentine, accoudée à la fenêtre, n'était pas d'humeur à déguster quoi que ce soit. Dès que le garçon fut rentré chez lui, elle ressortit.

– Je reviens ! annonça-t-elle sans autre explication.

En deux enjambées, elle fut devant la porte de Jojo. Elle sonna nerveusement, inquiète à l'idée que Simon, logeant juste en face, la voie et revienne à la charge.

Quand le vieux monsieur ouvrit, elle entra sans lui donner le temps de l'y inviter et referma derrière elle.

Si quelqu'un devait savoir pourquoi Jérôme Saintjean craignait la police, c'était Rominet. Il passait sa vie à lire les journaux et connaissait par cœur les moindres faits divers des vingt dernières années.

Espérons qu'il n'est pas atteint par Alzheimer ! se dit Valentine en dévisageant le vieil homme. Celui-ci l'observait par-dessus ses lunettes et souriait avec embarras. Que lui voulait brusquement cette gamine qui n'avait pas mis les pieds chez lui depuis cinq ou six ans ?

De politesses en flatteries, Valentine réussit à obtenir ce qu'elle cherchait. Non seulement Jojo lisait les journaux chaque jour, mais encore notait-il avec soin ce qui l'intéressait sur des fiches classées par thème. Jérôme était rangé dans la catégorie « Voisins ».

– Z'ai conservé l'article, bien sûr, dit-il avec son terrible cheveu sur la langue. Le fils d'une voisine dans le zournal, ça n'arrive pas tous les zours ! Voilà : « Saintzean, 25 zuillet 1992. »

Il tendit la fiche à Valentine pour qu'elle constate par elle-même. Il s'agissait bien de Jérôme Saintjean, originaire du XVIIIe arrondissement à Paris. Employé sans histoire, cet homme d'une quarantaine d'années s'était trouvé mêlé à un trafic de drogue. Après ses heures de bureau, il revendait de la cocaïne dans les quartiers chauds de la capitale pour arrondir ses fins de mois. Au cours d'un contrôle, la police avait découvert son activité clandestine. Grâce à lui, elle avait remonté la filière et réussi un beau coup de filet.

– Ils ont dû lui promettre qu'il n'y aurait pas de poursuites zudiciaires pour qu'il donne ses fournisseurs, expliqua-t-il. D'ailleurs il n'a pas été davantaze inquiété.

– Je me demande pourquoi il a si peur des flics.

– Ça, ze ne sais pas.

Jojo remit la fiche dans le classeur. Sous la rubrique « Voisins », il y en avait quelques autres. Valentine y aurait bien mis son nez, mais le vieil homme l'avait déjà refermé.

Repensant soudain à la déclaration de Simon, elle risqua :

– Vous n'avez rien sur Mamina ?

Les yeux de Jojo s'arrondirent comme des billes.

– Quelle idée ! Une femme irréprossable !

– Vous la connaissez depuis longtemps ? insista Valentine.

– Depuis qu'elle habite ici, presque trente ans. Sa sœur venait de trouver la mort avec son mari dans un accident de voiture. Ta grand-tante a adopté ta mère et Hugo et s'est installée dans l'appartement. Non, ce n'est pas demain qu'on parlera d'elle dans le zournal, même en bien. Elle est beaucoup trop discrète pour ça.

Valentine soupira.

– Votre collection d'articles va s'agrandir, avec le meurtre de Mme Pierre.

– Effectivement, cela va m'occuper quelques zours, répondit-il gaiement. Ze commençais à m'ennuyer ces temps-ci.

– Sans compter que l'assassin est peut-être un de nos voisins, ajouta Valentine avant de le quitter.

Jojo se frotta les mains.

– Ce serait une aubaine !

12

Valentine traversa la cour et passa la tête par la fenêtre de la cuisine.

– Je vais acheter le journal, annonça-t-elle à Mamina.

Elle courut jusqu'au kiosque.

– *La Capitale*, s'il vous plaît.

Fébrile, elle tournait les pages en remontant la rue et en parlant toute seule.

– Une aubaine pour sa collection ! Il en a de bonnes, Rominet. Si ça se trouve il a tué Mme Pierre juste pour avoir des articles de journaux à découper et être en première page ! Ah ! Voilà !

Valentine s'assit sur un banc, le cœur battant.

UN MYSTÉRIEUX ASSASSINAT DANS LE XVIIIe ARRONDISSEMENT

*Au cours de la nuit de samedi à dimanche, Mme Pierre, médecin renommé, a été tuée dans son appartement d'une balle de revolver en plein cœur (*La Capitale *du 07/04).*

C'est d'abord sur son mari que se sont portés les soupçons de la police.

Cependant l'enquête a rapidement montré que plusieurs personnes de l'entourage de Mme Pierre auraient pu souhaiter sa disparition.

La liste des suspects s'est encore allongée dans la matinée quand le lieutenant Bertier et son équipe ont découvert, dans l'ordinateur de la victime, un dossier du plus grand intérêt. Sous le titre révélateur de Arguments, *Mme Pierre collectait des renseignements très personnels sur ses voisins.*

Le mari, qui prétend ignorer l'existence de ce document, a pourtant su lui donner une explication : Mme Pierre était en litige avec ses voisins au sujet de locaux qu'elle souhaitait s'approprier coûte que coûte. Ses arguments lui auraient permis de faire pression sur ses voisins, ceux-ci étant supposés être des faussaires, des receleurs, des dealers, des assassins acquittés par erreur, des parents incapables ou encore des joueurs ruinés à l'insu de leur famille !

Ces accusations ne sont-elles qu'un tissu de mensonges calomnieux ou bien des vérités cachées et fort embarrassantes ? Mme Pierre avait-elle commencé à exercer son chantage ou n'en était-elle qu'à accumuler des informations ? L'un de ses voisins a-t-il préféré la tuer plutôt que de voir sa réputation salie ? Dans ce cas, rappelons qu'il s'agit d'un bon tireur.

Les personnes concernées seront entendues par la police dans les jours qui viennent et notre correspondant suivra pour vous cette affaire au plus près.

C. Claret

Valentine reposa lentement le journal sur ses genoux. Certains mots résonnaient sourdement dans sa tête. « Faussaire, receleur, dealer, assassin acquitté par erreur... » Les voisins de Mamina pouvaient-ils être des hors-la-loi ? Simon avait prétendu que Mamina avait un casier judiciaire. Figurait-elle dans le dossier *Arguments*, elle aussi ? Valentine relut les accusations proférées par Mme Pierre.

Les faussaires, je verrais bien les Greenwich. Je ne serais pas surprise qu'ils promènent des copies de toiles de maîtres dans leurs mystérieux rouleaux. Le receleur... Hubert ! Un antiquaire peut facilement revendre des objets volés. Le dealer, je le sais maintenant, c'est Jérôme. Le parent incapable, sûrement Patrick Nouvelle. Son ex-femme veut lui retirer le droit de visite de leur fils parce qu'il ne l'accompagne pas à l'école régulièrement. Quant au joueur ruiné, facile, c'est Peyrolle.

Restait l'assassin acquitté par erreur...

✵

Valentine remonta lentement la rue Chappe. Il y avait aussi l'Ombre, l'étudiant espagnol. Cette façon d'éviter les gens, cela cachait forcément quelque chose. À part lui, il ne restait que Rominet, Charlotte et Mamina. D'accord, Rominet n'avait rien sur Mamina dans ses articles, mais il s'était peut-être produit un événement avant qu'il la connaisse.

De retour chez Mamina, Valentine s'assit dans la cuisine et posa le journal sur la table.

– Une belle peau de vache, Mme Pierre. Elle avait l'intention de faire chanter tout le monde pour obtenir ses greniers. Bertier va chercher le meurtrier ici, c'est obligé. Je me demande qui c'est...

Elles dînèrent d'une omelette, rapidement, sans appétit. Valentine sentait que sa grand-tante était inquiète, mais pourquoi ? Elle n'osait pas l'interroger.

Enfin, elle se décida à partir.

– Je te laisse le journal, Mamina ?

– Si tu veux...

On dirait qu'elle a peur de ce qu'elle pourrait y lire. Que redoute-t-elle ? se demanda Valentine. Que l'on découvre quelque chose la concernant ?

Mamina avait-elle, elle aussi, une bonne raison de se débarrasser de Mme Pierre ? Valentine repensa aux photos prises en Afrique. Pourquoi personne ne savait-il rien sur cet épisode de la vie de sa grand-tante ? Assise dans le métro, elle essaya d'imaginer Mamina tirant à bout portant sur leur voisine. Grotesque. Alors qui ?

13

Valentine se réveilla trop tard pour croiser sa mère. Elle avait eu du mal à s'endormir. L'inquiétude de Mamina, la veille au soir, l'avait gagnée. Heureusement, un gai soleil d'avril inondait la cuisine et elle se prépara un copieux petit déjeuner.

Zut à cette histoire d'assassin, décida-t-elle. Et zut aux photos mystérieuses. Qu'est-ce que ça peut me faire, finalement, qui a tué cette sale bonne femme désagréable que personne ne regrette, et ce que Mamina a vécu à vingt ans ? Elle a raison, je devrais arrêter de me mêler de ce qui ne me regarde pas.

Elle arriva de bonne humeur chez sa grand-tante et l'embrassa tendrement. Hélas ses questions resurgirent bien vite devant la mine soucieuse de la vieille dame.

– Il s'est passé quelque chose ?

– M. Peyrolle vient de partir. Entre deux policiers.

– Ils l'ont arrêté ?

– Cela y ressemblait bigrement.

– Charlotte ne t'a rien dit ?

– Elle est passée en courant et je ne lui ai pas parlé.

Curieusement, cette nouvelle ne réjouissait pas Valentine autant qu'elle l'aurait cru.

– Simon doit en faire, une tête !

On frappa au carreau. Mamina ouvrit la fenêtre.

Tiens, quand on parle du loup... pensa Valentine, mal à l'aise.

– Val, je peux te voir deux minutes ?

Elle sortit en rougissant, devinant ce que Mamina allait penser.

Comme la veille, Simon l'entraîna sous le porche. Le sentant plus embarrassé qu'elle, Valentine prit la parole.

– Mamina vient de me dire, pour ton père. Je suis désolée.

Simon haussa les épaules.

– Ils se trompent. Ils vont forcément le relâcher. Mon père n'est pas un assassin. D'abord, il n'avait aucune raison d'en vouloir à sœur Sinistre.

Faux, pensa Valentine.

– Et puis il a peur des armes à feu. Je voulais te dire, pour hier, poursuivit Simon en s'animant soudain, j'ai été nul. J'étais énervé, je ne sais pas pourquoi j'ai trouvé ça drôle... Elle est très sympa, ta grand-mère.

– Pas ma grand-mère, ma grand-tante !

N'en parlons plus. Tu ne pouvais pas deviner qu'elle revendait des armes pour la mafia dans sa jeunesse. Personne n'est parfait.

– Surtout pas moi, je sais !

Valentine n'en croyait pas ses oreilles.

– T'exagères. T'es pas si mal, s'entendit-elle prononcer. Moi aussi j'étais énervée hier.

Elle amorça un départ, mais Simon la rappela avant qu'elle atteigne la porte.

– Val... euh...

Il enfonçait ses deux mains dans ses poches en se balançant d'un pied sur l'autre. Valentine lui aurait trouvé l'air plus bête que jamais si elle n'avait lu une grande douceur dans ses yeux.

– La bibliothèque la plus proche, c'est où ?

– Rue Hermel, derrière la mairie.

– Derrière la mairie ?

Il fronça les sourcils. Valentine saisit la perche malgré elle.

– Je dois y aller pour Mamina, cet après-midi. On y va ensemble, si tu veux.

Le visage de Simon s'éclaira.

– Ouais ! D'accord ! Euh... à quelle heure ?

– Deux heures ?

– O.K. Deux heures ici. Bon. Salut...

– Salut.

Sitôt à l'intérieur Valentine s'adossa à la porte, le cœur battant.

Qu'est-ce qui me prend ? se demanda-t-elle, furieuse.

Mamina passa la tête hors du salon.

– Tout va bien ?

Valentine se redressa vivement.

– Très bien ! C'était juste pour aller à la bibliothèque. Il n'avait pas besoin de faire tant de cinéma ! Je te jure, quel compliqué ! Je l'ai autorisé à m'accompagner cet après-midi, mais je m'en veux déjà. D'ici à ce qu'il devienne collant, y a pas des kilomètres !

Valentine retrouva le sourire quand Mamina lui proposa de déjeuner dehors. Manger dehors, même si, comme le disait sa mère, c'était dans une cour et à l'ombre, symbolisait pour Valentine le bonheur. Cela voulait dire qu'il faisait beau, qu'elle n'était pas au collège, qu'elle avait le temps de profiter de sa journée, rien que des choses agréables, quoi.

14

Avant de préparer le repas, Valentine et Mamina sortirent faire quelques courses, bras dessus, bras dessous. Dans le quartier, les commerçants les connaissaient bien et les accueillaient avec le sourire. Hélas, le sujet de conversation favori, chez le boucher comme chez l'épicier, était le meurtre de Mme Pierre !

– On a arrêté M. Peyrolle, il paraît ? demanda la caissière de la boucherie en se penchant pour recevoir les confidences de Mamina.

La vieille dame haussa les épaules.

– Arrêté… je ne sais pas. L'enquête se poursuit, c'est tout ce que je peux vous dire.

– Vous avez lu *La Capitale* d'hier ? chuchota l'épicier assez fort pour être entendu du fond du magasin. Y a du beau monde dans votre immeuble, d'après cette pauvre femme !

– Pauvre n'est pas le mot juste, rétorqua Mamina. Quant à ses accusations, je n'en crois pas une seule.

L'épicier sourit. Valentine n'aurait pas su dire s'il était convaincu ou ironique.

Ce ne fut pas mieux à la boulangerie.

– J'espère que vous fermez votre porte à double tour ! s'inquiéta la vendeuse. Moi, je crois que je déménagerais, si j'étais vous.

Cette fois, Mamina ne prit pas la peine de répondre.

Valentine sentit que sa grand-tante s'appuyait plus lourdement à son bras en regagnant la rue Barsacq.

– Les gens n'ont pas grand-chose d'intéressant à dire, ce matin.

– Ils n'ont jamais grand-chose d'intéressant à dire, ma Valentine. On parle de la pluie et du beau temps, à la rigueur de la santé de l'un ou de l'autre, ça ne va pas plus loin, mais ça suffit à créer un lien entre nous, à nous montrer que nous sommes encore vivants.

Valentine hocha la tête, consternée. C'était vrai ! Les banalités échangées sur le trottoir ou dans les magasins ne servaient qu'à rassurer chacun sur sa propre existence !

Le facteur ne fit pas mieux que les autres.

– Alors, madame Maurin, pas encore sous les verrous ? plaisanta-t-il.

Valentine, devant l'air accablé de Mamina, lui claqua la porte au nez.

– Ouf ! soupira-t-elle en posant les sacs sur la table de la cuisine.

Heureusement, personne ne les dérangea pendant leur déjeuner. Elles réussirent même à parler d'autre chose, du collège, des vacances, de Patricia, d'Hugo. Pendant une petite heure, Valentine oublia les mystères et les morts, redevint la Valentine insouciante qu'elle était trois jours plus tôt.

– Ils s'entendaient bien, maman et oncle Hugo, quand ils étaient petits ?

– Très bien. Ils prenaient toujours la défense l'un de l'autre. La disparition brutale de leurs parents les a profondément soudés. Impossible de reprocher à ta mère de ne pas ranger ses affaires sans qu'Hugo se précipite pour le faire, ni de gronder Hugo pour ses mauvaises notes sans que Patricia lui trouve aussitôt des excuses. Ils étaient très attendrissants. On ne pouvait pas se fâcher contre eux.

Valentine devint songeuse.

– Dommage que maman ne soit pas restée avec papa. Elle aurait besoin de quelqu'un pour la soutenir. Quelqu'un avec qui elle se sente complice, comme Hugo quand ils étaient petits.

– Ton père n'était pas ce genre-là. Elle trouvera peut-être, elle est encore jeune.

– Jeune ? s'étonna Valentine. À trente-huit ans, on est plutôt vieille !

Elle rougit aussitôt de sa gaffe.

– Et puis c'est pas un cadeau tous les jours, ma mère, enchaîna-t-elle.

Brusquement frappée par une idée, elle se pencha au-dessus de la table.

– Franchement, c'est une pénible, non ?

– Elle a son caractère... répondit Mamina sans vouloir prendre parti.

– Je parierais qu'avec son caractère, comme tu dis, elle a dégoûté Hugo des filles.

– Voilà une accusation bien excessive. C'est peut-être tout simplement dans la nature de ton oncle de préférer la compagnie des hommes, tu ne crois pas ?

– Mmm... Et toi, pourquoi tu ne t'es pas mariée ? glissa-t-elle innocemment.

Mamina resta silencieuse plusieurs secondes, comme si le passé l'avait soudain rappelée auprès de lui.

– J'aurais dû me marier... mais le destin en a décidé autrement.

– Et tu n'as pas voulu retenter ta chance ?

Mamina sourit.

– On dirait que tu considères la vie de couple comme une loterie.

– Y a de ça, oui. Comment peut-on savoir à l'avance si on va s'entendre toute sa vie avec quelqu'un ? C'est plutôt le hasard qui décide.

– Tu sais bien que je ne joue pas aux jeux de hasard.

15

– Je crois qu'on t'attend.

Mamina avait parlé d'une petite voix, comme si c'était sans importance.

– Ah oui ? fit Valentine, faussement surprise.

Elle avait fini de ranger la vaisselle et s'agitait dans le salon, s'asseyait, se relevait, jetait des regards nerveux à son reflet dans le miroir accroché au-dessus de la cheminée. Mamina lui désigna la fenêtre au-delà de laquelle on apercevait la silhouette de Simon, allant et venant dans la cour.

– Tu ne devais pas te rendre à la bibliothèque ?

Valentine regrettait d'avoir donné ce rendez-vous. Elle se renfrogna.

– Je t'ai préparé deux sacs. Tu m'empruntes six livres ?

– Je n'ai pas besoin de deux sacs, ronchonna-t-elle. Je n'en prends qu'un d'habitude.

Elle se retrouva plantée devant Simon sans savoir quel ton adopter. Simon lui retira un sac des mains et se dirigea vers la porte cochère.

Ne rien dire, c'est encore le mieux, reconnut Valentine, soulagée.

Sur le trottoir, elle passa devant lui. Ils contournèrent la Butte par ses ruelles escarpées pour éviter les touristes. Valentine connaissait le quartier comme sa poche et aimait s'y promener. En ce début de printemps, Frédéric aurait pu dire que c'était « tout à fait charmant » sans être démenti par personne.

Ils remontèrent la rue jusqu'à une petite place en pente plantée d'arbres contre laquelle s'affichait le fameux Bateau-Lavoir. Valentine n'avait que faire de ces lieux célèbres, Lapin Agile ou autre moulin de la Galette. Elle préférait les maisonnettes appuyées les unes aux autres pour ne pas s'effondrer, les jardinets où des fouillis d'arbres tentaient d'atteindre le ciel, les pavés des ruelles peu passantes, toujours prêts à vous tordre la cheville. Elle savait où s'arrêter et se retourner pour découvrir soudain une tranche de Paris lumineuse, magique, entre deux façades. Elle ne mentait pas quand elle prétendait qu'elle respirait du bon air chez Mamina. En quelques minutes elle était en haut de la colline, ravie par l'immensité du paysage, si gris et pollué fût-il. La simple vue de cet horizon peuplé de millions de vies minuscules emplissait ses poumons de bonheur.

– C'est encore loin ?

Valentine sursauta. Elle avait complètement oublié Simon.

Énervée de le sentir sur ses talons, elle répondit sans se retourner :

– Pas trop. On n'a plus qu'à redescendre.

Le trottoir s'élargissant, Simon marcha à sa hauteur.

– On aurait pu passer par l'allée des Brouillards, c'est un joli coin, risqua-t-il timidement.

– Tu connais ? s'étonna Valentine.

– Bien sûr. J'habite le quartier depuis assez longtemps.

Valentine prit la remarque pour un défi.

– Et le square de la Turelure, tu y es déjà allé ?

– Plusieurs fois.

– Le jardin Saint-Vincent ?

– Aussi.

– La rue Cortot ? Tu as visité le musée de Montmartre ?

– Un peu vieillot, mais la maison fait rêver. Dire que Renoir, Utrillo, Suzanne Valadon, Francisque Poulbot, ont habité là ! À l'époque, Montmartre n'était pas si cher. C'était la banlieue, t'imagines ?

Valentine s'était arrêtée, stupéfaite. Jamais elle n'aurait pensé que ce naze de Simon connaissait la Butte aussi bien qu'elle. Il fallait qu'elle le colle, c'était une question d'amour-propre.

– Le Passe-Muraille ?

– Place Marcel-Aymé, évidemment. Sculpté par Jean Marais.

– Le Chevalier de la Barre ?

– On lui a édifié une statue il y a quelques années, en plus de la rue qui porte son nom. Fouetté à mort pour avoir refusé de se découvrir devant une procession. Vive la tolérance !

– Vive la liberté d'opinion !

Ils se serrèrent la main avec le plus grand sérieux et reprirent leur marche, côte à côte.

– Il y a un truc que je n'ai pas encore fait, pourtant, avoua Simon.

– Ah oui ?

Valentine espéra un instant reprendre l'avantage.

– Monter dans le dôme de la basilique.

– Moi non plus ! reconnut-elle volontiers.

– On y va ? demanda Simon, ravi.

– En revenant.

– Avec les livres de ta grand-… tante ? Je ne sais pas si c'est une bonne idée.

– On les déposera au guichet.

✷

À la bibliothèque, Valentine choisit en hâte six livres pour Mamina tandis que Simon remplissait les formalités d'inscription. Elle se sentait toute bizarre. J'ai dû attraper la crève, se dit-elle, troublée par de mystérieux frissons.

Simon la rejoignit.

– Tu cherches quelque chose de précis ? lui chuchota-t-elle.

– *Fahrenheit 451*, de Ray Bradbury.

Il n'avoua pas qu'il aurait préféré emporter une dizaine de bandes dessinées, il pourrait toujours revenir. Valentine, quant à elle, savait que ce titre était au programme et que Simon ne le choisissait pas par plaisir. Ce garçon la laissait perplexe. Il connaissait la Butte comme un vieux Montmartrois, mais ne savait pas où se trouvait la bibliothèque municipale. Curieux...

Pour rejoindre le Sacré-Cœur, ça grimpait sec mais Valentine ne s'en rendit pas compte. Simon, qui était passé devant, lui avait pris la main.

Quand il fallut monter des marches le long du dôme, Valentine, prise de vertige, s'accrocha à lui. Une fois en haut, il l'entoura de ses bras pour la réconforter, embrassant doucement ses cheveux.

Valentine se blottit un peu plus au creux de son épaule.

16

Quand Mamina jeta un œil aux livres déposés par Valentine sur la table du salon, elle constata qu'elle en avait lu quatre récemment mais se garda bien d'en faire la remarque. Le regard lointain et le sourire rêveur de sa petite-nièce étaient autant de signes qui ne trompent pas une vieille dame de soixante-dix ans.

– Un chocolat chaud ?

– Mmm, bonne idée !

– Avec plaisir, ajouta Simon, très garçon-bien-élevé.

– On est montés en haut du Sacré-Cœur, raconta Valentine, les yeux brillants. C'était merveilleux !

Mamina n'en douta pas une seconde.

Elle les servit dans la cour. Le jour commençait à baisser, mais des relents d'air tiède flottaient autour d'eux. Valentine ne s'étonna pas que sa grand-tante disparaisse aussitôt dans l'appartement pour les laisser seuls. D'ailleurs plus rien ne l'étonnait. Elle baignait dans un état second, nouveau pour elle.

Simon trempa les lèvres dans sa tasse.

– Toujours aussi délicieux, le chocolat de ta grand-… tante.

Valentine trouva adorable son application à ne plus se tromper sur ses liens familiaux avec Mamina. Leurs regards se croisèrent.

En plus, il a les yeux verts ! remarqua-t-elle.

Était-ce vraiment le garçon qui lui paraissait si maladroit et si agaçant quelques heures plus tôt ?

Valentine lut soudain un grand étonnement sur le visage de Simon. Elle se retourna et vit M. Pierre qui rentrait tranquillement chez lui.

– Bonsoir les jeunes ! leur lança-t-il.

– C'est M. Pierre qui vient de passer ? chuchota Mamina, sortant la tête par la fenêtre.

– Oui, répondit Simon. On dirait qu'ils l'ont libéré, lui.

Sa remarque était amère.

Valentine rapprocha sa chaise de celle de Simon.

– C'est normal que la police enquête sur chacun de nous. Ton père est interrogé aujourd'hui, mais demain ce sera peut-être Charlotte, Patrick ou Mamina…

– Je ne suis pas inquiet pour mon père. Ça ne peut pas être lui, il n'avait aucune raison d'en vouloir à Mme Pierre.

Valentine n'osa pas le détromper. S'il apprenait quelque chose de désagréable, autant que ce ne soit pas par elle.

– En tout cas, il y a un paquet de gens qui la détestaient, dans l'immeuble.

– Pourquoi ?

Valentine alla chercher le journal dans la cuisine et l'étala sur la table de la cour.

– Elle comptait acheter les greniers en échange de son silence sur ses voisins.

Rapidement, elle énuméra les accusations de Mme Pierre.

– Et tu crois que c'est vrai ? demanda Simon, incrédule.

Valentine hésita. Pour Jérôme Saintjean, par exemple, elle en était sûre. Pour Peyrolle aussi. Alors pourquoi pas les autres ?

– Le chantage n'aurait pas marché si c'était du bidon, déclara-t-elle.

– Tu as raison... Cool !

– Et puis des tas de gens cachent une partie de leur vie sans être pour autant des malfaiteurs.

– Si je comprends bien, l'assassin acquitté et le joueur ruiné n'ont pas été identifiés, remarqua Simon.

– On ne connaît pas non plus le tueur de sœur Sinistre, précisa Valentine. N'importe qui d'autre peut l'avoir tuée à condition de savoir se servir d'un pistolet. Rominet, par exemple. Il était militaire, autrefois.

– Quelle raison aurait-il eue, lui ?

Valentine lui raconta l'histoire du chien empoisonné.

– Ça se tient.

– Tu tuerais quelqu'un parce qu'il a empoisonné ton chien ?

– Non, sûrement pas, mais Jojo, ce n'est pas moi. Militaire toute une vie, ça attaque peut-être les neurones.

Valentine lui fit signe de chuchoter.

– Ne parle pas trop fort, Mamina l'aime bien.

Simon sourit.

– Ta grand-tante aime tout le monde. Ce n'est pas un critère.

– Elle n'aimait pas Mme Pierre ! annonça Valentine, heureuse d'avoir trouvé une exception. Elle me l'a dit un jour.

– Sans blague ! C'est peut-être elle qui l'a tuée, alors !

Devant l'expression catastrophée de Valentine, Simon éclata de rire.

– Mais non ! Je rigole...

– Pas drôle...

Il lui prit la main, mais la lâcha bien vite car Charlotte entrait dans la cour.

– Du nouveau ? lui demanda Valentine.

– À vous voir, on dirait !

Charlotte leur fit un clin d'œil. Une fenêtre s'ouvrit au même moment et une voix retentit :

– Simon ? Tu es là ?

– Zut, ma mère ! Faut que j'y aille... À demain ?

Ce n'était pas vraiment une question. Ils se reverraient le lendemain, c'était obligé. Valentine sourit. Simon lui envoya un baiser du bout des doigts et s'éloigna d'un pas léger.

17

– Les résultats de l'autopsie sont arrivés. C'est bien ce que je pensais, il y a un problème, et de taille ! s'exclama Charlotte. Bertier se trompe, j'en suis sûre.

Valentine posa les deux tasses vides dans l'évier, l'oreille aux aguets.

– On sait maintenant que Mme Pierre a été tuée vers vingt et une heures. Mais surtout, on a appris qu'elle était condamnée ! Un cancer, pratiquement en phase terminale. Elle serait morte avant l'été.

– Je croyais qu'elle était médecin ? s'étonna Valentine.

– Justement. Elle ne pouvait pas ignorer sa maladie. Elle était même peut-être la seule à connaître son état.

– M. Pierre n'était pas au courant ? s'enquit Mamina.

– Il jure que non et Bertier le croit sincère.

– Si l'assassin avait su, il aurait économisé sa peine, soupira la vieille dame.

– Ce qui est étrange, poursuivit Charlotte, c'est que les candidats au meurtre se bousculent.

– Pourquoi ont-ils arrêté le père de Simon ? demanda Valentine. Je sais qu'il avait un mobile valable, lui aussi, mais Simon dit qu'il a très peur des armes à feu.

– Cela ne signifie pas qu'il n'est pas capable de s'en servir. Bertier a enquêté sur chacun des suspects. Peyrolle était bon chasseur, dans sa jeunesse. Il appartenait à un club de chasse. Un jour, un chasseur de son groupe a tué son propre fils par accident. Depuis, il n'a plus jamais touché un fusil. De là à prétendre qu'il ne sait pas tirer…

Valentine songea avec tristesse aux convictions de Simon. Pas une ne tenait la route.

– Ces histoires crasseuses qui surgissent du fameux dossier *Arguments* et qui éclaboussent les habitants de l'immeuble, c'est vraiment moche, reprit Charlotte, le regard sombre. Mme Pierre aurait voulu nuire à tout le quartier qu'elle ne s'y serait pas prise autrement. Quand je pense que si elle était morte de mort naturelle, aucune enquête n'aurait mis à jour son dossier et personne n'aurait été soupçonné de quoi que ce soit ! D'habitude, on maquille les meurtres en suicides pour éviter une enquête. Là…

Charlotte resta figée quelques secondes, frappée par ce qu'elle venait de dire.

– Il faut que je mette ça noir sur blanc ! Je tiens une piste ! À plus tard !

Valentine et Mamina se regardèrent.

– Je n'y comprends rien, soupira la vieille dame.

Elle semblait très fatiguée. Valentine pensa qu'il valait mieux la laisser seule. En enfilant sa veste, elle demanda :

– Elle est propriétaire, Charlotte ?

– Non. C'est Jojo, le propriétaire. Du studio du premier également.

– Celui occupé par le nouveau qui rase les murs ?

– Celui-là, oui. Pourquoi ?

– Pour rien...

Ainsi, ni Charlotte ni l'Ombre ne pouvaient figurer sur la liste des suspects puisqu'ils n'avaient pas de grenier à vendre. Par contre, Rominet était premier candidat au rôle d'assassin.

Et Mamina numéro deux...

Effondrée sur le canapé du salon, Valentine se faisait un souci terrible. Songer que Mamina avait peut-être un casier judiciaire et ignorer pourquoi était un vrai supplice.

Elle se pencha et attrapa le téléphone posé sur la moquette près du paquet de biscuits apéritif qu'elle venait de vider.

– Allô, Hugo ? Je te dérange ?

– En pleine création de recettes de cocktails. Dommage que tu ne sois pas là pour y goûter.

– Dommage, oui !

– Ça va, toi ? Tu as une petite voix.

Hugo sentait les moindres de ses sautes d'humeur, elle ne pouvait rien lui cacher.

– C'est l'enquête sur le meurtre de Mme Pierre qui me démoralise.

– Va te promener, pense à autre chose, tu n'es pas concernée que je sache.

– Pas si sûr.

Elle lui résuma les accusations découvertes sur l'ordinateur de leur défunte voisine.

– Tout porte à croire que quelqu'un de l'immeuble a fait le coup et je suis à deux doigts de penser que ça peut être Mamina. Tu savais qu'elle a un casier judiciaire ?

Hugo prit le temps de réfléchir avant de répondre.

– D'où sors-tu cette info ?

– De Simon. Il a entendu les policiers en parler.

– Simon Peyrolle ? Tu fais confiance à cette andouille ?

Valentine n'hésita qu'une demi-seconde.

– Oui.

Elle devina le sourire de son oncle à l'autre bout de la ligne.

– Je n'aurais pas imaginé que Mamina avait vécu en Afrique, mais de là à la voir avec un casier judiciaire et un revolver à la main, n'exagérons pas.

– Alors c'est Rominet.

– Ce vieux bonhomme ?

– Pour se venger de la mort de Melchior.

– Il l'aurait empoisonnée comme elle a empoisonné son chien, pas abattue d'un coup de revolver.

– C'est un ancien militaire.

– Et alors ? D'ailleurs rien ne prouve que le meurtrier est un habitant de l'immeuble.

Valentine ne demandait pas mieux que de s'en convaincre.

18

Un bruit de clé dans la serrure fit tressaillir Valentine.

– Tiens, voilà maman ! déclara-t-elle. Tu veux que je te la passe ?

– C'est qui ? questionna Patricia en retirant ses chaussures.

– Hugo mais il est pressé, il te rappellera.

– Très bien.

Valentine connaissait le peu de goût de sa mère pour les conversations téléphoniques et savait qu'à cette heure-là elle n'avait qu'une envie, prendre une bonne douche.

– Qu'est-ce que tu as fait, aujourd'hui ? demanda Patricia, jetant son manteau sur une chaise.

– Bibli pour Mamina et ascension du dôme du Sacré-Cœur.

– Ah ! C'est quand même mieux que ton programme d'hier ! Les cimetières, c'est déjà pénible à la Toussaint, mais à Pâques, franchement, c'est louche ! Tu t'améliores. D'ici la fin des vacances tu réussiras peut-être à aller au cinéma ou à la piscine ?

– Peut-être… répondit Valentine, rêveuse.

Elle sourit en songeant à Simon et à leur promenade, mais bientôt le casier judiciaire de Mamina revint à son esprit avec des photos noir et blanc et une accusation de meurtre. Quand sa mère sortit de la salle de bain, elle risqua :

– Tu savais, toi, que Mamina avait vécu en Afrique quand elle était jeune ?

– Première nouvelle !

Patricia ouvrit le congélateur.

– Pizza, ça te va ?

– Mmm. Elle ne t'en a jamais parlé ?

– Jamais.

– Ah…

Patricia déchira l'emballage plastique et plaça la pizza dans le four.

– D'où tiens-tu ce scoop ? D'Hugo ?

– Non. J'ai trouvé des photos dans un de ses tiroirs.

– Bravo ! Tu fouilles dans ses affaires ?

– Je suis tombée dessus sans le vouloir.

– Pourquoi ne lui en as-tu pas parlé ?

– Je ne peux pas. Je suis sûre qu'il y a un drame là-dessous. Ce n'est pas normal qu'elle ne nous ait jamais rien dit.

– Très juste.

Ah ! Maman est d'accord.

– Il faut respecter son silence. Cela ne nous regarde pas.

Valentine se renfrogna. Facile à dire quand on n'est pas curieuse ! Mais elle savait bien que sa mère n'avait pas tort. Mamina avait le droit d'avoir des secrets. Le problème, c'est que Valentine en connaissait maintenant l'existence et qu'il lui était impossible de se contenter de points d'interrogation.

Elle mangea sa part de pizza en silence.

– Tu n'es pas très causante, ce soir, constata sa mère.

– C'est l'ascension du dôme et la balade à Montmartre. Ça m'a crevée.

Patricia dévisagea sa fille.

– L'ascension du dôme... ce n'est pas toi qui en as eu l'idée, n'est-ce pas ?

– Non. J'y suis allée avec Simon.

– Le fils Peyrolle ?

Valentine hocha la tête, faussement détachée.

– Je croyais que tu le détestais.

– J'ai changé d'avis. Il est très sympa, finalement. Il connaît Montmartre presque aussi bien que moi.

– Il est en quelle classe, déjà ?

– Troisième.

– Et c'était bien, le dôme ?

– Super-giga-d'enfer.

Patricia soupira de soulagement.

– Enfin une activité normale pour une fille de treize ans ! Il était temps. Et il ne va pas à la campagne, ce garçon, des fois ?

– Il était en Normandie ce week-end.

– Très bien, la Normandie. S'il t'invite, ne refuse pas, c'est une région splendide.

– Ce n'est sûrement pas pour ça que j'accepterais.

– Tu refuserais d'y aller ? s'affola Patricia.

– Non, ce n'est pas ce que j'ai dit.

– Ah !

Patricia reporta son attention sur son yaourt, estimant en avoir assez appris sur la journée de sa fille. Valentine observa sa mère avec perplexité. Elles ne seraient décidément jamais sur la même longueur d'onde. Autant, avec Hugo, se comprenaient-ils à demi-mot, autant avec Patricia y avait-il toujours un décalage dans la communication. D'ordinaire,Valentine n'en était pas contrariée. Elle trouvait même plutôt confortable que sa mère et elle ne soient pas la confidente l'une de l'autre, cela lui permettait de préserver son jardin secret. Mais ce soir, la solitude lui pesa brusquement.

Elle abrégea son repas et se réfugia sous sa couette. Avant d'éteindre la lumière, elle tendit le bras vers une peluche posée sur une étagère, dont elle n'avait pas eu besoin pour s'endormir depuis longtemps. Ce Simon, il l'avait toute chamboulée.

19

Valentine eut un sommeil entrecoupé de cauchemars. Les voisins de Mamina la menaçaient à tour de rôle de dénoncer sa brusque sympathie pour Simon.

– Et hop ! Un casier zudiciaire ! ricanait Jojo.

– Quel scoop ! se vantait Charlotte, à califourchon sur le rebord de sa fenêtre.

– Ri-di-cule ! soupirait Hubert en s'éventant avec *La Capitale*.

– C'est eux le killer ? demandaient les Greenwich, leurs tubes dressés comme des massues prêtes à s'abattre sur Valentine et Simon.

– Un chocolat chaud, c'est ce qu'il vous faut, répétait Mamina en boucle.

Peyrolle arrivait, un couteau à la main, mais un coup de feu retentissait. Il tombait comme une marionnette. Hugo se tenait derrière lui, un revolver encore fumant à bout de bras.

Valentine ne s'endormit profondément qu'au petit matin et, quand elle se réveilla, il était près de onze heures.

Sous la douche, les questions revinrent à la charge. Que cachait Mamina ? Sa mère et son oncle Hugo ne lui étaient d'aucune aide, ils ne savaient rien.

Ce qu'il faudrait, c'est trouver quelqu'un qui aurait connu Mamina jeune, se dit-elle. Mais bien sûr !

Valentine bondit de la baignoire. Comment n'y avait-elle pas pensé plus tôt ? Elle s'habilla en quatrième vitesse, attrapa au vol deux barres de céréales, une compote en sachet et sauta dans le métro.

✵

– Je ne sais plus dans quelle maison il habite, le milliardaire, maugréa Valentine en descendant l'avenue Junot. Elles se ressemblent toutes, ces villas.

Une femme sortit de chez elle, un peu plus bas. Valentine lui courut après.

– Bonjour ! Je cherche un vieux monsieur qui habite par là. Il s'appelle Frédéric.

– Frédéric de Mestre ? Vous venez de passer juste devant chez lui.

Valentine poussa la grille du jardinet, se planta sur le paillasson et respira profondément. Il s'agissait de rester calme. Frédéric ne lui dirait rien si elle avait l'air d'une écervelée. Elle prit le temps d'admirer la façade avant de sonner. Ces bow-windows et ces motifs de fer forgé aux lignes rondes, quelle classe !

La porte s'ouvrit sur une femme avenante.

– Je suis bien chez monsieur Frédéric ?

– Mais oui. C'est pour quoi ?

– Je suis la petite-nièce de son amie Nathalie. J'aimerais lui parler, si cela ne le dérange pas trop.

Le vieil homme apparut dans l'entrée.

– Mademoiselle Valentine ! Venez, ne restez pas sur le perron ! Quelle charmante idée de me rendre visite ! Votre grand-tante n'est pas malade, au moins ?

Ce disant, il entraîna Valentine dans le salon. Les meubles anciens embaumaient l'encaustique, une bibliothèque lourdement chargée occupait un mur entier et un gros bouquet de fleurs séchées ornait la table basse. Frédéric fit asseoir Valentine sur un grand canapé en cuir rouge sombre très confortable.

– Mamina va bien. Nous sommes allées ensemble à l'enterrement de sa voisine, Mme Saintjean, avant-hier.

– Ah oui ?

Frédéric la dévisagea, étonné.

– Vous avez des distractions bien peu de votre âge. Que les vieux fréquentent les cimetières me semble assez normal, la plupart de leurs amis s'y trouvent et le phénomène s'aggrave chaque année. Mais vous ?

– J'aime les cimetières. Je les trouve poétiques, surtout les plus anciens. Les tombes ne m'effraient pas. Elles me font penser à des livres dont on connaîtrait seulement le nom de l'auteur. On peut imaginer tellement de choses à partir d'un nom et d'une date gravés sur le marbre !

– Je suis certain que l'imagination ne vous manque pas. Mais dites-moi ce qui vous amène.

– C'est au sujet de Mamina. Enfin, je veux dire Nathalie.

Valentine hésita. Ses interrogations lui semblaient soudain déplacées. Et puis tant pis si Frédéric se moquait d'elle. Maintenant qu'elle était là, il fallait aller jusqu'au bout.

– Vous vous connaissez depuis longtemps, n'est-ce pas ?

– Depuis l'école élémentaire.

– Vous ne vous êtes jamais perdus de vue ?

– Si, pendant quelques années.

Frédéric se gratta le menton, surpris par les questions de Valentine.

– Vous ajouterez un couvert, Sophie, je vous prie.

– Bien, monsieur.

– Oh non ! Je ne veux pas vous déranger !

– Au contraire ! Ma vie manque cruellement de fantaisie et votre visite est une charmante surprise. Je serai ravi de partager mon déjeuner avec vous.

Il se pencha vers Valentine.

– Entre nous, Sophie est un fin cordon bleu mais elle n'a pas le sens des proportions. Elle me prend pour un ogre et prépare toujours dix fois trop à manger.

Valentine était rouge de confusion et de plaisir. Elle allait rarement au restaurant et pressentait quelque chose de mieux encore.

20

– Nous en étions à « perdus de vue », rappela Frédéric à Valentine en l'invitant à poursuivre d'un sourire.

– Ah oui ! Voilà. J'ai découvert que Mamina avait vécu en Afrique étant jeune. Or elle ne nous en a jamais parlé, ni à maman, ni à mon oncle Hugo, ni à moi. Je n'ose pas lui poser de questions parce que j'ai peur de remuer de mauvais souvenirs.

– Ce serait effectivement le cas !

Frédéric s'interrompit pour passer à table. Qu'allait-il raconter à cette jeune curieuse ? Devait-il camoufler la vérité ? Valentine devina son hésitation.

– Je ne lui en parlerai pas si cela doit lui faire de la peine. J'ai vraiment besoin de savoir pourquoi Mamina n'est pas restée avec l'homme que j'ai vu sur les photos. Elle avait l'air si heureuse !

– Vous avez trouvé des photos chez Nathalie ?

Valentine rougit.

– Oui.

– Dans ce cas, elle n'a pas totalement enterré le passé et il est normal qu'il resurgisse.

Frédéric passa à Valentine la quiche aux champignons.

– Votre grand-tante est partie en Afrique à dix-huit ans en tant qu'infirmière. Elle souhaitait s'occuper des plus démunis pour donner un sens à sa vie. J'aurais aimé qu'elle reste ici mais j'étais à la fois trop fier et pas assez sûr de moi, je n'ai pas su le lui dire.

– Vous étiez amoureux d'elle ?

– J'étais amoureux de toutes les filles que je croisais, à cette époque-là. Nathalie avait une place particulière dans mon cœur, mais je ne comprenais pas laquelle. Après son départ, je me suis rendu compte qu'elle me manquait terriblement.

– Vous le lui avez écrit ?

– Au contraire, j'ai essayé de l'oublier. D'autant que, de son côté, comme je l'ai appris par sa sœur, elle était tombée amoureuse d'un médecin avec lequel elle travaillait.

– L'homme des photos !

– Sans doute.

– Pourquoi ne se sont-ils pas mariés ?

Frédéric hésita avant de répondre.

– Il a eu un accident. Une nuit, il s'est fait piquer par un serpent pendant son sommeil. Au matin, ne le voyant pas au dispensaire,

Nathalie est allée chez lui. Elle l'a trouvé très affaibli et presque aveugle.

Valentine écoutait, médusée.

– Il a juste eu la force de lui chuchoter quel sérum elle devait lui injecter pour le sauver. Seulement, victime de la panique ou n'ayant pas bien compris ce qu'il disait, elle s'est trompée d'ampoule.

– Et alors ?

– Il est mort dans ses bras une heure plus tard.

– C'est tragique, murmura Valentine au bord des larmes.

– Vraiment, oui.

Valentine se souvint de l'accusation de Mme Pierre.

– On n'a pas cru que Mamina l'avait tué exprès ?

– Hélas si.

– Mais pourquoi ? Elle l'aimait !

– Il était marié. Il devait rentrer en France où sa femme l'attendait. Son billet d'avion était sur son bureau. Nathalie a toujours dit qu'elle ne le savait pas et qu'elle n'avait pas vu le billet, mais la coïncidence était difficile à croire pour les enquêteurs.

– Et vous, vous en pensez quoi ?

Frédéric réfléchit.

– Que le destin est un foutu poseur de pièges.

– Elle a été condamnée ?

– Un bon avocat l'a sortie d'affaire in extremis. Je venais d'hériter d'une grosse somme d'argent et, quand ta grand-mère m'a raconté ce qui arrivait à Nathalie, je lui ai envoyé le meilleur que j'ai pu trouver.

– C'est vous qui l'avez sauvée, alors ?

– Disons que je l'ai aidée.

– Elle est rentrée en France ?

– Oui.

– Vous n'avez pas essayé de la consoler ? Vous n'étiez plus amoureux d'elle ?

Frédéric sourit.

– Oh si ! Mais elle avait changé. Elle était devenue comme imperméable aux sentiments. Elle s'est consacrée à son travail de sage-femme et à plusieurs actions humanitaires. Rien d'autre ne semblait l'intéresser.

– Vous êtes sûr que vous lui avez montré que vous étiez amoureux d'elle ?

Le regard de Frédéric se perdit dans un motif de la nappe.

– Tu penses que je suis resté trop... discret ?

– Y a des chances.

– Tu as peut-être raison. J'étais impressionné par sa volonté, sa force de caractère. Je n'ai pas osé me déclarer franchement.

– Et elle, de son côté, devait penser qu'elle était rayée des listes des futures mariées, après ce qui s'était passé en Afrique.

Sophie déposa sur la table un pigeon rôti

aux petits pois et aux carottes nouvelles fort appétissant. Valentine, pourtant, avait l'estomac serré.

Frédéric souriait. Et si Valentine était dans le vrai ? Il saisit les couverts et servit la jeune fille.

– Allez, charmante enfant. Le destin de votre grand-tante ne doit pas vous couper l'appétit. « Chacun sa route », comme dit la chanson.

Il remplit son assiette, plus copieusement encore.

– Regardez ce malheureux Antoine. Il a bien failli avoir besoin d'un bon avocat, lui aussi.

– Vous voulez parler de M. Pierre ?

– Mais oui.

– Vous ne le croyez pas coupable ?

– Certainement pas. C'est un bourreau des cœurs mais pas un assassin. Heureusement, la police a fini par l'admettre.

– J'espère que ce n'est personne de l'immeuble !

– Je ne le crois pas...

– Pourquoi ?

– J'ai lu dans *La Capitale* des articles fort intéressants sur ce meurtre. J'ai dans l'idée que nous serons surpris par le fin mot de l'histoire.

Valentine réalisa qu'elle mangeait.

– C'est délicieux !

– Je vous l'avais bien dit ! Sophie est un vrai cordon bleu. Franchement, est-ce que j'aurais pu avaler ça tout seul ?

En quittant la maison de Frédéric, Valentine se sentait mieux. Le secret de Mamina, si tragique fût-il, n'était plus un secret.

Tout s'explique, songea Valentine. Et puis si cette peau de vache de Mme Pierre avait eu le temps d'exercer son chantage sur Mamina, elle en aurait été trop affectée pour que je ne le remarque pas. Donc Mamina n'a pas tué Mme Pierre.

– Bonjour Valentine !

Elle se retourna. M. Pierre lui adressait un signe amical de la main depuis la vitre de sa voiture.

C'est vrai, il a été relâché ! réalisa-t-elle. Est-ce que le père de Simon est libre, lui aussi ? À moins que ce ne soit vraiment lui l'assassin...

✵

– Ah ! Je me demandais où tu étais passée !

Valentine avait rarement vu Mamina aussi nerveuse.

– Je t'ai appelée plusieurs fois mais ça ne répondait pas.

– J'ai déjeuné avec un ami.

La vieille dame sourcilla.

– Simon est venu trois fois. Il avait l'air préoccupé.

– Son père n'a pas été libéré ?

– Non.

Mamina, qui s'était assise sur le canapé, les yeux fermés, ne lui proposa pas de chocolat chaud et Valentine s'en fit la remarque.

Elle doit craindre qu'on remue son passé, supposa-t-elle, pleine de pitié pour la vieille dame et ses tristes fantômes.

– Qu'est-ce que c'est que tout ce monde ? s'écria-t-elle soudain en voyant sortir du bâtiment B cinq hommes aux visages sombres.

Mamina répondit sans se lever :

– La police. Ils ont passé la matinée dans l'appartement des Peyrolle avant de monter dans celui des Pierre.

À peine le groupe avait-il disparu que Simon revenait, un journal à la main. Quand il vit Valentine se précipiter à sa rencontre, son visage s'éclaira. Il jeta un regard furtif aux fenêtres de chez lui avant de l'entraîner sous le porche.

– On va faire un tour ?

Ils prirent la direction du square de la Turelure. Situé derrière le Sacré-Cœur, un peu en retrait des sentiers touristiques, ce petit parc en espalier offrait de nombreuses tonnelles, idéales pour discuter tranquillement.

Valentine demanda, inquiète :

– La police est venue chez toi ?

– Oui.

– Tu sais ce qu'ils cherchent ?

– L'arme du crime.

21

Valentine et Simon s'installèrent sous une tonnelle couverte d'églantines. Aussitôt, Simon déplia *La Capitale*. Valentine s'appuya contre lui pour lire.

LE MYSTÈRE S'ÉPAISSIT AUTOUR DU MEURTRE DE MADAME PIERRE

La police vient de découvrir que Mme Pierre, tuée par balle dans son appartement du XVIIIe arrondissement samedi dernier, avait retiré de son compte en banque une forte somme d'argent en liquide une huitaine de jours avant sa mort. Il s'agirait de plusieurs milliers d'euros !

Jusqu'ici tout portait à croire que la victime exerçait un véritable chantage auprès de ses voisins et que l'un d'eux aurait pu vouloir se débarrasser d'elle. Certains reconnaissent effectivement s'être disputés avec la victime au sujet de greniers qu'elle prétendait leur acheter et admettent qu'elle les avait menacés de révélations compromettantes s'ils ne cédaient pas.

*Rappelons que l'autopsie a révélé (*La Capitale *du 08/04) que Mme Pierre,* *gravement malade, n'avait plus que quelques mois à vivre. Étant médecin, elle ne pouvait ignorer son état. Dans ce cas, pourquoi un tel acharnement à acquérir des greniers dont elle n'aurait jamais profité ?*

Le lieutenant Bertier et son équipe ne semblent pas écarter pour autant ce qu'ils appellent « la piste des voisins ». Cette piste est-elle la bonne ? De nombreuses questions restent sans réponse. Pourquoi Mme Pierre a-t-elle retiré autant d'argent de son compte en banque une semaine avant de mourir ? Qu'en a-t-elle fait ?

C. C.

Valentine leva des yeux incrédules vers Simon. Il semblait perdu dans ses pensées.

– Je me demande pourquoi mon père n'a toujours pas été libéré…

Elle se dit qu'une moitié de réponse l'apaiserait un peu.

– Je le sais en partie.

Il la regarda, surpris.

– Tu m'as dit que ton père avait horreur des armes à feu. C'est vrai, mais ça ne l'empêche pas d'être bon tireur.

– Qui te l'a dit ?

– Charlotte. Elle a obtenu le renseignement par la police.

Simon hocha la tête.

– Il lui faudrait un mobile.

– Ils ont trouvé quelque chose, chez vous ? demanda Valentine, gênée.

– Bien sûr que non !

Elle se blottit au creux de son épaule.

– Tu vois ! Ne t'inquiète pas. Ils vont le garder deux jours et le libérer, comme M. Pierre. Si ça se trouve, il est déjà rentré.

Simon l'entoura de ses bras et caressa ses cheveux. Valentine leva son visage vers lui, espérant un baiser, mais Simon ne bougea pas.

– Regarde discrètement sur ta gauche, chuchota-t-il.

Valentine tourna lentement la tête. Une silhouette se glissait à pas de loup le long des buissons.

– On dirait la Poisse, murmura Valentine.

– C'est lui.

– Qu'est-ce qu'il espionne ?

Valentine et Simon suivirent la direction de son regard. Un peu plus loin se tenait un autre couple qui, soudain, se leva et se sépara. La jeune femme se dirigea vers eux et Patrick Nouvelle sauta vivement derrière les arbustes, s'égratignant au passage.

Simon plongea sur Valentine afin qu'ils ne soient pas reconnus.

Ça y est ! Un vrai baiser, songea-t-elle.

Malgré son émotion elle ne put s'empêcher de jeter un coup d'œil par-dessus l'épaule de Simon. Elle eut juste le temps de voir passer une minijupe mauve.

– C'était Charlotte, s'étonna-t-elle.

– Et Ken, ajouta Simon en désignant du menton la silhouette qui s'éclipsait à l'autre bout du square.

– Ken ?

– M. Pierre. Tu n'avais pas remarqué la ressemblance ? Attention !

Patrick surgissait de nouveau à la poursuite de Charlotte, et Valentine se cacha dans les bras de son amoureux.

– Il n'a vraiment pas de bol, soupira-t-elle quand il se fut éloigné. Ses plans sont toujours foireux.

– Quels plans ?

– Il est amoureux de Charlotte. Quand Hubert lui a annoncé qu'une de nos voisines avait été assassinée, il a failli s'évanouir, avant de savoir que ce n'était pas elle.

– Et Charlotte drague le séducteur de l'immeuble. Séducteur, et veuf...

– Si ça se trouve, ça ne date pas d'hier.

– C'est même sûr. Je les ai vus s'embrasser sur le palier du premier. Elle joue les innocentes, la journaliste, mais je me demande...

– Arrête... Tu crois qu'ils auraient monté le coup ensemble ?

– Pourquoi pas ? Rien ne prouve le contraire.

– Tu as raison... Viens ! Suivons la Poisse.

22

Valentine entraîna Simon sur les traces de Patrick. Ils l'aperçurent bientôt qui se dirigeait vers la station du funiculaire. Devant lui trottait la minijupe mauve de Charlotte.

– Franchement, tu trouves ça bien, comme tenue ?

Simon sourit sans répondre. Charlotte avait sauté dans une cabine prête à descendre au pied de la Butte. Patrick s'élança dans les escaliers.

– Il sera en bas avant elle. Dépêchons-nous.

Arrivé le premier, Patrick se cacha dans l'encoignure d'une porte. La cabine du funiculaire atteignit son abri dans un souffle caoutchouteux et libéra ses passagers. Valentine chercha la minijupe parmi les jeans et les tenues classiques mais aucune tache mauve ne se montra. Simon, lui, détaillait les touristes et les vendeurs à la sauvette.

– Bien joué ! Elle a dû repérer la Poisse et descendre de l'autre côté de la cabine avant le départ, conclut-il.

Patrick Nouvelle s'éloignait, les épaules tombantes.

– La Poisse. Ça s'invente pas.

Désemparés par la disparition de Charlotte, ils s'assirent sur les marches.

– Si Charlotte est la complice de M. Pierre, ça change tout ! déclara Valentine. L'histoire des voisins victimes de chantage devient une belle arnaque pour détourner les soupçons de la police. Balèze !

– Qu'est-ce qu'elle a comme alibi pour le soir du meurtre, minijupe ?

– Elle était au cinéma. Tu crois que c'est elle l'assassin ?

– Elle peut au moins avoir caché M. Pierre dans son appartement.

– Il paraît qu'il était chez une autre.

– Ça s'achète, un témoin.

Valentine revit Charlotte raconter les débuts de l'enquête dans la cuisine de Mamina. Elle avait pourtant l'air sincère, songea-t-elle.

– Oh, regarde ! Frédéric !

Le vieux monsieur descendait la rue Barsacq en trottinant, la mine réjouie.

– Il vient de chez nous, on dirait.

– Il est drôlement souriant. Je me demande... Tu ne sais pas ce que j'ai appris, ce midi ? Il est amoureux de Mamina depuis toujours mais il ne le lui a jamais dit.

Simon passa son bras autour des épaules de Valentine.

– Je le croyais plus intelligent.

Ils s'embrassèrent.

Une averse les chassa de l'escalier. Ils rejoignirent la rue Barsacq en courant. Mamina était sur le pas de sa porte avec la mère de Simon qui entraîna son fils chez eux sans un mot. Elle avait les yeux rouges et serrait un mouchoir roulé en boule dans sa main crispée.

– Ils ne l'ont pas libéré ? chuchota Valentine à Mamina.

La réponse était inutile.

✵

Dans le salon, Jojo attendait patiemment de poursuivre une partie de scrabble. Il gagnait chaque fois largement et s'offrait ce plaisir aussi souvent que Mamina l'y autorisait. Valentine jeta un œil au plateau de jeu. La partie était à peine commencée.

– Ils ne garderont pas Peyrolle longtemps, déclara Mamina avec assurance. Je suis persuadée que ce n'est pas lui l'assassin.

Elle se concentra sur le jeu. Ses joues étaient roses et une incontestable gaieté se lisait dans ses yeux. Valentine allait lui demander si Frédéric était passé la voir quand une silhouette traversant la cour attira son attention.

– Je sors un moment, annonça-t-elle.

Elle courut sous la pluie pour rattraper la journaliste qui montait chez elle. En passant, son regard s'arrêta sur la porte de Jojo.

– Tiens, il a laissé ouvert…

L'occasion était trop belle, Valentine poussa doucement le battant.

23

Valentine avança sur la pointe des pieds dans le couloir encombré. Elle pénétra dans la pièce où le vieil homme rangeait ses archives, une sorte de chambre-bureau aux murs couverts d'étagères remplies de dossiers jusqu'au plafond. Le classeur contenant les fiches « voisins » se trouvait sur un secrétaire.

Valentine le saisit et le feuilleta rapidement. Ah ! Claret !

Elle sortit le bristol.

Charlotte Claret, journaliste à La Capitale, *a reçu le prix Georges-Simenon pour son roman policier* Un piège pour deux *paru aux éditions Le Crime en 1998.* Tiens, tiens !

La fiche suivante était datée de l'année 2001. *Jane Greenwich, artiste peintre britannique reconnue soupçonnée de contrefaçon, s'expatrie en France.* Je le savais !

Puis une autre, jaunie par le temps : *Christian Peyrolle, chausseur, ouvre un magasin rue Tourlaque.*

– 1978 ! Il aurait pu renouveler le stock, grommela Valentine. Picanelli, qui c'est, celui-là ? Hubert Picanelli, mais oui ! *1990. C'est dans le magasin de M. Picanelli, antiquaire aux puces de Saint-Ouen, que la police a retrouvé le fameux vase étrusque disparu du musée du Vatican, à Rome, il y a trois ans. M. Picanelli affirme qu'il croyait détenir une copie.* Ouais ouais ouais. Ah ! Mme Pierre ! Mars 2003. *Mercédès Pierre, médecin à la Salpêtrière, est assassinée à son domicile d'un coup de revolver.* Quel prénom impossible ! Plus que deux fiches : Saintjean que j'ai déjà lue, et Traoré...

Valentine se penchait sur la dernière fiche quand un craquement du parquet, dans le couloir, la fit sursauter. Elle reposa en vitesse le classeur sur le secrétaire, le cœur battant à tout rompre. Plus le temps de se cacher !

– Eh bien ! C'est du joli ! On entre chez les gens pour fouiller dans leurs affaires, maintenant ? Vous avez la maladie de l'espionnage, mademoiselle Valentine.

– Chut ! gronda-t-elle, encore tremblante, on va nous repérer.

– C'est déjà fait, annonça Charlotte, surgissant derrière Simon. Qu'est-ce que vous fabriquez là, vous deux ?

– J'ai vu de la lumière, je suis entrée, répondit Valentine avec naturel.

– C'était fatal, conclut Charlotte, les poings sur les hanches. Allons, filez d'ici, espions à la gomme.

Valentine ne se le fit pas dire deux fois. Elle entraîna Simon sous le porche. Ils s'assirent contre le mur, à même le sol.

– Qu'est-ce que tu fichais chez Rominet ? demanda Simon sans cacher son admiration pour une telle prise de risque.

– Il jouait au scrabble avec Mamina. Si tu n'étais pas arrivé, j'aurais pu lire la dernière fiche.

– Quelles fiches ?

– Celles sur les habitants de l'immeuble. Rominet y note tout ce qui paraît dans les journaux.

– Et tu as découvert quelque chose ?

– J'te crois !

Valentine raconta le prix littéraire remporté par Charlotte six ans plus tôt.

– Si elle échafaude des scénarios de romans policiers, facile de mettre au point un meurtre pour de vrai, non ?

Simon hocha la tête, convaincu.

– Facile.

Valentine se pencha pour observer avec suspicion l'entrée du bâtiment B.

– Au fait, tu l'as vue ressortir ? Elle nous a virés, mais qu'est-ce qu'elle faisait là, elle ?

– Elle a dû me voir entrer.

– Et toi ?

– Je t'avais aperçue par la fenêtre. Je pensais que tu allais sonner chez nous. Comme tu n'arrivais pas, je suis sorti. Je croyais que tu écoutais aux portes, la nôtre ou celle de Rominet.

– C'est bien mon genre.

– Justement. Quand j'ai vu la porte de Rominet entrouverte, j'ai compris.

– Et Minijupe était dans l'escalier ?

– Je ne l'ai pas remarquée.

– Bizarre… Tiens ! la voilà qui sort de chez toi !

Charlotte disparut dans les étages, laissant Valentine et Simon inquiets.

– Simon ?

– Zut. Ma mère. Faut qu'j'y aille.

Valentine se retrouva seule, assise dans l'ombre du porche, quand le lourd panneau de la porte cochère s'entrouvrit. Un parfum qu'elle connaissait bien l'enveloppa.

24

– Ah ! Tu tombes à pic, Valentine, s'exclama Hubert.

Le malheureux était si chargé qu'il ne réussissait pas à passer la porte. Elle lui retira des mains deux paquets encombrants.

– Attention, c'est hy-per fragile !

Valentine monta avec précaution les colis jusqu'à son appartement.

– Vous avez encore changé de style, remarqua-t-elle.

– C'est in-dis-pen-sable à mon équilibre. Un an dans le même décor, je déprime.

Valentine fit le tour de la pièce, entièrement meublée années soixante. Les couleurs vives et les matières plastiques lui plurent.

– C'est plus gai que l'année dernière.

– Je suis content que tu apprécies. Pose ça là s'il te plaît.

– Qu'est-ce que c'est ?

– Des pe-ti-tes mer-veilles, chuchota Hubert.

Ravi d'avoir quelqu'un avec qui partager son plaisir, il sortit de ses paquets plusieurs toiles sombres. Valentine fit la moue.

– Approche, béotienne.

Hubert se plaça dos à la fenêtre et tendit les bras pour mettre la toile en pleine lumière. Valentine se glissa derrière lui. Comme si un voile magique était tombé, un paysage d'une finesse extrême lui apparut. Les détails étaient si nombreux et si petits qu'il était difficile de croire qu'ils avaient été peints avec un pinceau.

– Des copies de Lé-o-nard, réalisées par un illustre inconnu au XIXe siècle. Une vieille comtesse en gardait quatre dans son grenier. Dans son gre-nier ! Tu te rends compte ?

– Vous allez les vendre pour des originaux ?

– Certainement pas ! Les copies ont beaucoup de valeur. Quel intérêt aurais-je à être malhonnête ? Je risquerais d'être ruiné !

Il posa le tableau avec mille précautions et fouilla dans un autre carton.

– Et ça, qu'en penses-tu ?

Après un long déballage de papier de soie, Hubert brandit tel un trophée... une assiette.

– Limoges 1872. Pas une égratignure, pas la moindre fissure dans l'émail, im-pec-ca-ble. Un bijou.

Il en avait les larmes aux yeux.

– C'est pour mettre où ? demanda Valentine.

Hubert la regarda, hébété.

– Pour « mettre » ? Ce n'est pas pour « mettre », ignorante ! C'est pour vendre ! Cher !

– Ah ! Je me disais aussi que ça n'irait pas bien avec le canapé orange.

Hubert poussa un soupir à fendre l'âme et remballa son assiette.

– La jeunesse ne connaît plus rien à l'art.

– Vous y connaissiez quelque chose, vous, quand vous étiez jeune ?

Hubert réfléchit.

– Non, je n'y entendais rien. Ton cas n'est donc pas désespéré.

Valentine n'était pas sûre de devoir s'en réjouir.

– Veux-tu boire quelque chose ? Un jus de fruit ?

– Si ce qu'il y a dans votre frigo ne date pas du siècle dernier, je ne dis pas non.

Valentine suivit Hubert dans sa cuisine, spacieuse et parfaitement rangée. Le mobilier en inox rutilait.

– Super !

– Pas mal, oui, reconnut Hubert, en réalité très flatté.

– Ça doit coûter rudement cher, une cuisine pareille.

– Parfois, il est préférable d'oublier le prix des choses, marmonna Hubert en ouvrant le frigo. Pomme ou orange ?

Elle hésita.

– Un petit mélange, c'est possible ?

– Un mélange ? On peut essayer...

Hubert versa successivement, dans un grand verre, un peu des deux jus de fruits. Valentine remercia mais le breuvage n'avait rien à voir avec les boissons délicieuses de son oncle Hugo.

– Tu n'aimes pas ? s'inquiéta Hubert devant les sourcils froncés de sa jeune visiteuse.

– Peut mieux faire.

– Désolé.

– Je connais un P.E.C. Je vous l'enverrai à l'occasion.

– Un quoi ?

– Un Prof En Cocktail.

– Cette jeunesse… soupira Hubert.

25

– Rominet est parti ? demanda Valentine à Mamina en voyant le salon vide.

– Heureusement ! J'aurais été très contrariée qu'il entende le surnom dont tu l'as affublé.

– Il a encore gagné ?

– Encore. Où étais-tu pendant ce temps ?

– Oh, ici et là. J'ai aidé Hubert à monter des vieux trucs chez lui. Il a changé de déco. C'est plus gai.

Mamina secoua la tête avec désapprobation.

– C'est une horreur.

Elle mit le lait à chauffer pour le chocolat.

– Il a quel âge, Hubert ?

– La quarantaine. Pourquoi ?

– J'aurais dit plus. Il parle des jeunes comme s'il s'agissait d'extraterrestres.

– C'est parce qu'il n'a pas d'enfants et n'en fréquente pas dans son métier.

Valentine s'assit.

– Il y a eu des Traoré, dans l'immeuble ?

– Il y a longtemps, oui. Ils sont partis en banlieue. Comment le sais-tu ?

– Quelqu'un les cherchait... Tu crois que Charlotte sort avec M. Pierre ? s'empressa-t-elle d'enchaîner.

– Ça ne te regarde pas, dis donc.

– N'empêche, ça serait triste pour la Poisse. Il est amoureux d'elle.

– Tu n'aurais pas été concierge, toi, dans une vie antérieure ?

Valentine prit sa tête entre ses mains.

– Peut-être... En attendant l'assassin court toujours. L'arme du crime a été retrouvée ?

– Pas aux dernières nouvelles.

– Pas très doué, le chien de chasse. Quelle idée de s'acharner sur Peyrolle ! C'est pas lui qui a monté le coup.

– Tu connais le coupable, sans doute ?

– J'hésite entre deux pistes. Charlotte et M. Pierre ensemble, ou Rominet.

– Heureusement que tu n'es pas dans la police !

Mamina servit le chocolat.

– Jojo était avec moi au moment du crime.

Valentine sursauta.

– Qu'est-ce que vous faisiez ?

– Je pourrais te répondre que ça ne te regarde pas mais ce serait peine perdue, n'est-ce pas ? Nous jouions au scrabble.

– Donc c'est Charlotte et M. Pierre. J'en étais sûre.

On sonna à la porte.

– Salut tout le monde ! clama Charlotte.
– Tiens, quand on parle du loup… marmonna Valentine.
– Tu parlais de moi ? Tu disais… que je ne suis pas une cafteuse, par exemple ?
Valentine rougit.
– Du nouveau ? questionna Mamina qui n'avait pas prêté attention à la remarque de Charlotte.
– Rien. Je cherche, j'interroge, mais je ne trouve pas un seul élément qui permette de disculper Peyrolle. Je commence à me demander si ce n'est pas lui…
Valentine la fusilla du regard.
– Évidemment ! Il y en a que ça arrangerait !
Elle se leva et quitta la pièce.
– Qu'est-ce qui lui prend ? s'étonna Mamina. Elle n'a même pas bu son chocolat !

Valentine marchait droit devant elle sans rien voir. Alors, comme ça, Charlotte se frottait les mains à l'idée que Peyrolle endosse le meurtre qu'elle avait commis avec M. Pierre ! Belle mentalité !
Après cinq minutes de cette marche mécanique, elle ralentit l'allure.
Ce serait trop facile de faire accuser Peyrolle à leur place. Il fallait intervenir, mais comment ?

Valentine grimpa quatre à quatre les six étages qui la menaient chez son oncle. À bout de souffle, elle frappa bruyamment à sa porte.

Aucune réaction de l'autre côté du panneau de bois. Elle frappa encore.

– Zut de zut de zut de rezut ! gémit-elle, la tête appuyée contre le mur.

Elle s'assit sur la dernière marche et posa son menton au creux de ses mains. Hugo aurait dû être rentré. Pourvu qu'il n'ait pas prévu d'aller au cinéma ! Valentine s'accorda un quart d'heure avant de repartir, sachant bien qu'elle attendrait jusqu'à ce qu'il arrive.

– J'ai besoin de lui parler, bon sang !

La minuterie de l'escalier se mit en marche et des pas résonnèrent dans les entrailles de l'immeuble. Valentine se pencha par-dessus la rampe. Une main minuscule se déplaçait lentement le long de la spirale vernie.

Un étage... deux... trois... À chaque palier, elle s'attendait à entendre un cliquetis de clé qui joue dans la serrure, une porte qui se referme, mais les pas continuaient d'approcher et la main de monter.

Quatre... Cinq... Six ! Hugo ! Elle lui sauta au cou. Ils seraient tombés à la renverse si son oncle ne s'était rattrapé de justesse à la rampe.

26

– Pomme, banane, lait de coco avec une pointe de cannelle. Bois, tu vas te sentir mieux.

Valentine, en chaussettes, les genoux repliés entre les bras, trempa ses lèvres dans le breuvage prétendument magique.

– Mmm ! Ça me rappelle que je connais quelqu'un qui a besoin de tes conseils.

– Qui serait l'heureuse personne ?

– Hubert l'An-ti-quaire.

Hugo rougit mais Valentine ne s'en aperçut pas.

– Explique-moi plutôt ton problème, je n'ai pas bien compris.

– Mais je viens de TOUT te dire ! Charlotte et M. Pierre ont organisé le meurtre et ils sont en train de laisser Peyrolle être accusé à leur place. Ça ne te dégoûte pas ?

Elle but une gorgée.

– Au début je penchais pour Rominet, il a un dossier sur chacun de ses voisins, ça fiche la trouille, mais Mamina m'a dit qu'il jouait au scrabble avec elle à l'heure du crime. Alors, à moins qu'elle ne soit sa complice…

– Oh là ! Pourquoi pas tout l'immeuble, pendant que tu y es ?

Valentine se frappa le front.

– Mais oui ! Tu as raison !

Hugo éclata de rire. Valentine, à bout de nerfs depuis que Simon l'avait surprise chez Jojo, fondit en larmes. Hugo la prit dans ses bras.

– Ne te mets pas dans des états pareils, Valentine. Laisse la police faire son boulot. Si Peyrolle est innocent, ils s'en apercevront.

– Tu parles comme si les erreurs judiciaires n'existaient pas ! renifla-t-elle.

– C'est toi qui parles d'erreur judiciaire alors que tu accuses l'immeuble entier ?

– Oui, je sais, je dis n'importe quoi. C'est la faute de Simon. Je n'arrive plus à penser droit.

– Eh bien pense en zigzag, mais pas au meurtre de Mme Pierre. D'accord ?

Il lui tendit un mouchoir en papier et elle s'essuya les yeux.

– Il y a autre chose qui m'a chamboulée, avoua-t-elle. Je connais le secret de Mamina. Je peux te dire que ce n'est pas drôle !

Valentine raconta à son oncle son déjeuner avec Frédéric.

– Pas étonnant que tu sois dans cet état, ma pauvre. C'est une histoire terrible. Mais ça va aller mieux maintenant que tu m'en as parlé. Allez, ce qu'il te faut, c'est une douche bien chaude pour te détendre et un bon petit dîner en tête à tête avec ton oncle chéri. J'appelle ta mère pour la prévenir.

Valentine se sentait beaucoup mieux au sortir de la salle de bain. Enveloppée dans un énorme peignoir moelleux, elle se laissa tomber sur le canapé en soupirant.

– Je suis toute molle, constata-t-elle.

– Très bien. Ce soir, tu dors là. Mais avant, on va prendre un repas réconfortant.

En épluchant des pommes de terre, Hugo se mit à raconter sa journée, son travail de vendeur au service d'un patron souvent désagréable, ses relations avec les autres employés du magasin de hi-fi, ses projets pour des congés qu'il ne pourrait pas prendre avant des lustres... et Valentine, pelotonnée dans le peignoir et bercée par la voix de son oncle, s'endormit.

Quand elle se réveilla, une demi-heure plus tard, Hugo était assis près d'elle, penché sur la table basse, le front soucieux. Il avait étalé devant lui les articles de Charlotte et les étudiait avec tant d'intérêt qu'il ne s'aperçut pas que Valentine était réveillée.

– Qu'est-ce que tu lis ? demanda-t-elle d'une voix ensommeillée.

Il se tourna vers elle.

– Eh bien ! C'est agréable de te faire la conversation ! Et mon dîner !

– Mmm ! Ça sent bon !

– Gratin dauphinois pour une ingrate.

Mais Valentine savait bien qu'il ne lui en voulait pas.

– C'est *La Capitale* ?

– Oui. Je l'achète chaque soir et je ne le lis pratiquement jamais.

– Qu'est-ce que tu en penses ? interrogea Valentine.

– Que Charlotte a fait du bon boulot d'investigation. Si elle était mêlée à l'assassinat, elle appuierait la théorie de la police. Au contraire, elle a mis le doigt sur le truc qui cloche. *Les* trucs qui clochent, plutôt.

– Lesquels ?

– La maladie incurable qui condamnait Mme Pierre à court terme, et l'argent qu'elle a retiré à la banque.

– Charlotte a dit quelque chose, l'autre jour, quand elle est passée chez Mamina. Attends… ça va me revenir. Je n'ai pas bien compris mais je suis sûre que c'était important. Ça y est ! « D'habitude, on maquille les meurtres en suicides pour éviter une enquête. »

– Exactement ! s'exclama Hugo. Et là, on jurerait le contraire : un suicide maquillé en meurtre ! De cette façon, l'enquête a éclaboussé les gens à qui Mme Pierre en voulait. Avec un peu de chance – de son point de vue – il y en a même un qui sera accusé de l'avoir tuée.

Valentine restait perplexe.

– Mais on ne peut pas se suicider en se tirant une balle en plein cœur à trois mètres de distance !

– Évidemment non ! Elle a dû payer quelqu'un pour le faire. D'où la somme d'argent retirée une semaine avant sa mort.

– Il faut expliquer ça au lieutenant Bertier !

– Je ne pense pas que nos explications lui suffisent. Il voudra une preuve, ou un témoin…

Valentine sauta sur ses pieds.

– Jérôme Saintjean ! Il a vu quelque chose, c'est sûr. Sinon, pourquoi aurait-il si peur ?

– Tu ne m'as pas dit qu'il avait eu affaire à la police autrefois et qu'il en gardait un très mauvais souvenir ?

– N'empêche, s'il n'avait rien vu, il ne craindrait pas à ce point d'être interrogé.

Hugo n'était pas convaincu.

– Il a quitté l'immeuble avant l'heure présumée du meurtre. Je ne vois pas ce qu'il aurait pu remarquer qui nous intéresse.

– On ne sait jamais. Il faut essayer.

– Admettons. Tu as son adresse ?

– Non, mais je sais comment le contacter.

Hugo passa un quart d'heure au téléphone. Sa petite annonce paraîtrait dans le numéro de *La Capitale* du lendemain. Il appela aussi Charlotte pour lui expliquer sa démarche.

– Tu ne crois pas qu'on se jette dans la gueule du loup en la prévenant ? s'inquiéta Valentine.

– Si elle doit être contactée par Jérôme, nous sommes obligés de la mettre dans le coup. Fais-moi confiance.

Valentine soupira.

– Je peux donner un coup de fil, moi aussi ? demanda-t-elle timidement après avoir cherché un numéro sur le Minitel.

Valentine avait le cœur battant pendant que la sonnerie retentissait. Heureusement, elle reconnut la voix qui lui répondit.

– Simon ? C'est Val…

Silence à l'autre bout du fil.

– Je te dérange ?

– Non, pas du tout ! Attends une seconde.

Elle l'entendit refermer une porte. Ils purent ainsi parler tranquillement.

Valentine s'endormit sans peine ce soir-là. Elle n'était plus inquiète. Et puis, elle avait rendez-vous à dix heures à la halle Saint-Pierre pour une expo qu'Hugo lui avait conseillée. Avec Simon.

27

Le visage de Valentine s'allongea quand elle vit s'approcher Simon. Leurs regards se croisèrent et elle comprit qu'il était largement aussi contrarié qu'elle.

– Maman a insisté pour que j'emmène Praline. Je ne pouvais pas refuser.

La petite adressa un sourire angélique à Valentine qui ne le lui rendit pas.

Ils marchèrent en silence jusqu'au musée d'Art naïf installé dans l'ancien marché couvert, de l'autre côté des jardins du Sacré-Cœur. Simon tenta de prendre la main de Valentine mais elle lui fit comprendre qu'elle se méfiait de leur chaperon.

Nous n'allons pas l'avoir sur le dos toute la journée ! se dit-elle. On visite le musée en vitesse et on ramène la Glu à sa mère.

Seulement Praline trouvait le travail de l'artiste très intéressant et prenait son temps, lisant attentivement les textes qui accompagnaient ses productions, repassant plusieurs fois devant chaque œuvre. Simon essaya d'attirer Valentine à l'écart, sans succès.

– Ramenons d'abord ta sœur chez toi, lui chuchota-t-elle.

Ayant enfin quitté les lieux, ils reprirent le chemin de la rue Barsacq. Quand ils passèrent devant l'entrée des jardins, Praline décida qu'elle voulait les traverser.

– Maman a dit que tu t'occupes de moi jusqu'à midi, alors ce n'est pas la peine de se dépêcher.

Valentine interrogea Simon du regard qui acquiesça d'un air penaud.

Heureusement qu'on aura l'après-midi à nous ! pensa-t-elle.

✷

Au pied de la basilique, Valentine et Simon échangèrent un coup d'œil complice et plein de regrets. Ils s'arrêtèrent un moment pour admirer la ville. Praline questionna Simon sur tous les clochers qui dépassaient, et ils étaient nombreux. Saint-Ferdinand à gauche, Saint-Georges un peu plus bas, Saint-Eustache en plein cœur de la capitale, la flèche de Notre-Dame à peine visible dans la brume, la tour Saint-Jacques, le dôme du Panthéon et celui du musée de la Monnaie, l'opéra Garnier, rutilant depuis sa rénovation…

– Je veux voir la tour Eiffel ! décida Praline. Pourquoi on ne voit pas la tour Eiffel ?

Simon soupira.

– Elle est plus à l'ouest. D'ici, on ne peut pas la voir.

Ils se dirigèrent vers les arènes de Montmartre, à flanc de colline.

– Tiens, la voilà !

Arrivé au-dessus des gradins, il lui indiqua au loin la silhouette familière. Valentine suivait, rêveuse, comme toujours quand elle venait admirer Paris à cet endroit, énorme fourmilière surveillée par cet étrange phare métallique.

– Tu crois qu'on voit chez nous ? demanda Praline de sa petite voix pointue.

– Chez nous, non, on habite au rez-de-chaussée. L'immeuble, peut-être...

Ils essayèrent de distinguer un toit parmi les autres.

– C'est impossible à savoir, déclara finalement Simon. Il faudrait connaître la forme des fenêtres des greniers.

Praline déclara brusquement :

– C'est bien fait, si elle est morte, la méchante dame des greniers.

– Pourquoi ? s'étonna Simon.

– J'ai tout entendu ce qu'elle a dit, l'autre jour, quand j'étais dans les escaliers. Elle téléphonait. À papa.

Valentine et Simon regardèrent Praline avec angoisse.

– Ah bon ?

– Elle n'était pas contente. Elle criait : « Peyrolle, vous avez signé ! Si vous me remboursez pas, je vous jette dehors, vous et vos brioches ! »

Vos mioches ! pensa Valentine que cela ne fit pourtant pas sourire.

Simon serra les dents. Le mobile de son père lui apparaissait d'un coup. Il devait de l'argent à Mme Pierre !

Midi sonnait au clocher de l'église de la rue des Abbesses quand Valentine, Praline et Simon rentrèrent rue Barsacq.

– C'était très bien, cette promenade, déclara Praline. Je reviendrai avec vous !

Les deux grands échangèrent un regard fatigué.

– Passe me voir quand tu veux, chuchota Valentine à l'oreille de Simon. Je resterai chez Mamina.

28

– Alors, c'était bien ? demanda Mamina.

– Nul. On a dû se traîner la Glu.

– Qui ça ?

– Praline.

– Mais elle est adorable...

Devant le regard sombre de sa petite-nièce, la vieille dame n'insista pas. Elles déjeunèrent en parlant d'autre chose. Patrick Nouvelle descendit boire le café, comme cela lui arrivait de temps en temps. Débraillé, mal rasé, il n'était pas reluisant.

– Vous étiez beau, l'autre jour, pour votre entretien, lui dit Valentine.

Patrick haussa les sourcils.

– Ce n'est pas le cas aujourd'hui ?

Valentine hocha la tête.

– Tu as raison. Pas facile de lutter quand tout ce qu'on tente échoue !

Elle le revit s'éloigner, tête basse, après avoir perdu Charlotte au pied du funiculaire.

– La chance, ça tourne, annonça Mamina. Au moment où on s'y attend le moins. Préparez-vous, ça pourrait bien être votre tour !

Valentine sourit. Mamina était très gaie depuis la veille et elle avait sa petite idée sur l'origine de cette métamorphose.

Patrick sourit aussi, mais c'était seulement d'incrédulité.

– Ça ne coûte rien d'essayer, insista Valentine avant qu'il ne les quitte.

Quand Mamina jaillit de sa chambre, un peu plus tard, Valentine leva le nez.

– Mmm ! Tu sens bon ! Tu sors ?

– Oui. Je suis invitée à prendre le thé, répondit la vieille dame en rougissant légèrement.

– Tu y vas à pied ou bien M. Pierre vient te chercher ? demanda Valentine, espiègle.

– À pied ! Cela me fera du bien de me promener un peu. Et puis le trajet est tout à fait charmant, ajouta-t-elle sans y prendre garde.

À peine avait-elle quitté la maison qu'on frappa de petits coups au carreau. Valentine se précipita pour ouvrir.

– Tu es toute seule ? demanda Simon.

– Oui. Mamina est partie chez Frédéric.

Elle jeta un regard anxieux derrière le garçon. Pas de Glu en vue.

Ils s'installèrent sur le vieux canapé avec les albums photos et Valentine fit partager à son amoureux ses souvenirs d'enfance. Qu'ils étaient bien, blottis l'un contre l'autre, à l'abri du monde !

Quand les albums furent refermés, Simon parla à Valentine de ses projets pour les grandes vacances.

– Il y a un groupe, au collège, qui participe au nettoyage des berges des rivières en France. Cet été, ils organisent un camp. Je crois que je vais m'inscrire. Ça te dirait de venir aussi ?

– Bien sûr !

Ils s'embrassèrent et s'enfoncèrent un peu plus profondément dans les coussins.

✵

Vers cinq heures, Simon proposa d'aller chercher le journal. Ils s'assirent sur les marches de l'escalier Foyatier, où le soleil donnait encore.

Serrés l'un contre l'autre, ils lurent à voix basse l'article de Charlotte.

UN SUSPECT DANS L'AFFAIRE DE L'ASSASSINAT DE MME PIERRE

La police a interpellé avant-hier un homme qu'elle soupçonne être l'assassin de Mme Pierre, tuée d'une balle à son domicile samedi dernier.

Il s'agit d'un père de famille, un commerçant sans histoire, qui aurait emprunté de grosses sommes d'argent à la victime pour assouvir sa passion du jeu. Le suspect nie farouchement mais il n'a pas d'alibi sérieux, ayant passé la soirée seul et s'étant contredit plusieurs fois sur le programme télévisé qu'il prétend avoir regardé. La famille du suspect est sous le choc. Les autres suspects entendus dans cette affaire – la quasi-totalité des voisins de la victime – ont finalement été mis hors de cause.

Rappelons qu'à peine une semaine avant sa mort Mme Pierre avait retiré plusieurs milliers d'euros en liquide de son compte en banque. Elle avait prévenu son agence de cette transaction deux jours plus tôt par téléphone. L'employé qui lui a remis l'argent la connaissait et assure qu'elle a agi avec naturel.

Cette somme reste introuvable et le suspect affirme qu'il n'en a jamais vu la couleur. De même, l'arme du crime n'a toujours pas été retrouvée.

La garde à vue du suspect se transformera-t-elle en arrestation ? Le lieutenant Bertier et son équipe ne risquent-ils pas l'erreur judiciaire ? L'enquête se poursuit.

C. C.

Sans faire de commentaire, Simon tourna les pages à la recherche de la petite annonce passée par Hugo.

– Là ! s'exclama Valentine en pointant son doigt sur un encart bien visible.

J. St-J. URGENT. PRIÈRE ÉCRIRE C. C. JOURNAL. VIE SUSPECT EN JEU.

Il n'y avait plus qu'à attendre sa réponse. Il faut trouver un moyen de penser à autre chose d'ici là, se dit Valentine.

– Si on allait au cinéma ? proposa-t-elle.

– Pas ce soir. Je dois rester avec ma mère. Demain, si tu veux.

– Demain, d'accord.

Ils s'embrassèrent avant de se séparer.

29

– Tu vas être contente, annonça Valentine à sa mère attablée devant une salade. Demain, je vais au cinéma.

Patricia leva des yeux ravis sur sa fille.

– Toujours Simon ?

– Toujours.

– C'est un garçon très bien. Quand je pense à tout ce que tu lui reprochais jusqu'à il y a deux jours !

– C'est ma compagnie qui le rend intéressant. Avant, il était vraiment naze... Non, je blague. Je m'étais trompée sur son compte, je le reconnais.

Patricia hocha la tête.

– C'est bien de reconnaître ses erreurs.

Valentine se dit que sa mère était très forte dans ce domaine. Toujours la première à s'avouer responsable des catastrophes qui survenaient.

– C'est très joli de reconnaître ses torts, mais ça n'excuse rien. Cela n'a de valeur que si on modifie sa façon d'être ou de penser. Moi, par exemple, il faut que je fasse attention à ne pas juger les gens trop vite. « Ne pas se fier aux apparences », ce sera ma leçon à retenir.

– Tirer des leçons de ses erreurs ? reprit Patricia pour elle-même. Vaste programme en ce qui me concerne…

– Ton cas n'est pas si désespéré.

– Je te remercie, répliqua Patricia qui ne savait pas trop si sa fille était sincère ou moqueuse. Tu pourrais peut-être me donner une piste ?

– Ça ne marcherait pas. Les conseils des autres sur la vie qu'on mène, ça ne sert à rien, répondit Valentine avec beaucoup de sérieux.

– Tu exagères. Si on est capable de changer, c'est bien la preuve que quelque chose peut nous influencer. Il suffit que ce quelque chose tombe au bon moment.

– Et là, c'est le bon moment ?

Patricia hésita.

– Je crois que oui. Tu ne risques rien à essayer, en tout cas. Voyons, quels comportements dois-je corriger ? demanda-t-elle, car aucun ne lui venait à l'esprit spontanément.

– Tu m'empoisonnes avec tes cigarettes, l'aida Valentine en désignant avec dégoût le cendrier plein et le mégot mal éteint qui y fumait encore.

Comme Patricia restait silencieuse, le regard perdu au fond du cendrier, Valentine conclut :

– Tu pourrais au moins ne pas fumer à la maison, ou te mettre à la fenêtre chaque fois que tu ne peux pas résister.

– Oui, tu as raison, je peux au moins faire ça.

Elle écrasa le mégot et se leva pour vider le cendrier dans la poubelle.

– Autre chose ? demanda-t-elle, trahissant une légère inquiétude.

Valentine préféra s'en tenir là. Fixer la barre trop haut aurait risqué de tout compromettre.

– Ça suffira pour aujourd'hui. Si tu arrives à ne plus fumer ici, ce sera très bien. Le reste ne me dérange pas autant que tu le crois.

– Quel reste ?

Valentine sourit.

– Rien, justement.

Elle s'en fit la liste mentalement : les frères et sœurs que je n'ai jamais eus, je m'en passe très bien. Si c'est pour avoir une Praline sur le dos, merci bien ! Les vacances à Paris, ça me convient aussi, je partirai quand j'en aurai envie, bientôt je le sens ; le temps que maman passe au boulot plutôt qu'à la maison, ce n'est pas un mal non plus. J'ai tellement de copines qui rêvent que leur mère leur fiche un peu la paix ! Au moins, pour moi, le problème ne se pose pas. Au fond, j'ai la belle vie !

30

C'est le cœur battant que Valentine grimpa les escaliers de la rue Barsacq le lendemain matin. Elle avait hâte de retrouver Simon et de savoir si la petite annonce d'Hugo avait porté ses fruits.

Elle s'arrêta brusquement, stupéfaite. Un attroupement s'était formé sur le trottoir, devant chez Mamina, et les policiers refoulaient les reporters, appareil photo au poing. Elle se faufila entre eux pour se planter devant la porte.

– On n'entre pas, lui dit un agent en uniforme.

– Mais j'habite là !

Tiens, ça me rappelle quelque chose, pensa-t-elle.

– Comment vous appelez-vous ?

Il avait sorti un calepin.

– Valentine Ardenne…

– C'est bon, le lieutenant vous attend. Louis, c'est pour Bertier ! cria-t-il à un policier qui se tenait un peu plus loin sous le porche.

Valentine se demanda quelle potion magique elle avait bue ou quel mécanisme invisible elle avait déclenché pour avoir ainsi remonté le temps. Cependant l'ambiance, dans la cour, ne ressemblait en rien à celle qu'elle avait connue une semaine plus tôt. Les habitants étaient rassemblés là, le nez en l'air, captivés par un spectacle qui se déroulait apparemment au-dessus d'eux. Valentine leva les yeux.

Deux hommes marchaient avec précaution sur le toit de l'immeuble.

– Ce sont des inspecteurs en civil, lui chuchota Simon dans le creux de l'oreille.

En même temps, il glissa sa main autour de sa taille et Valentine sentit une douce chaleur lui parcourir le dos.

– C'est le branle-bas de combat depuis une demi-heure. Grâce à Jérôme. Et surtout grâce à toi.

Un troisième homme apparut là-haut puis tous redescendirent. On s'écarta pour les laisser passer.

Le lieutenant Bertier, apercevant Valentine, vint lui serrer la main.

– Merci.

Il n'ajouta rien et Valentine ne sut pas quoi lui répondre.

– Mais je n'ai rien fait ? s'étonna-t-elle auprès de Simon.

– Je crois que Charlotte t'a désignée comme responsable des aveux de Jérôme Saintjean.

– Quels aveux ?

Simon l'entraîna chez Mamina pendant que les voisins discutaient. Un fax était posé sur la table de la cuisine.

– Jérôme l'a envoyé au journal ce matin, depuis un bureau de poste du XIIe arrondissement. Charlotte l'a aussitôt communiqué à la police, évidemment. Lis.

Valentine saisit le papier.

Jérôme Saintjean, à C. Claret, La Capitale.

Après une nuit blanche, je me décide à vous écrire. Je ne suis pas sûr que ce que j'ai remarqué vous soit utile mais je ne peux pas supporter l'idée qu'un innocent soit accusé de meurtre pendant que je garde le silence pour préserver ma pauvre tranquillité.

Voici : quand, vers vingt heures trente samedi dernier, je suis sorti de chez ma mère, rue Barsacq, le vasistas situé au-dessus du palier des combles était entrouvert, ce qui provoquait un courant d'air.

Je suis pratiquement chauve, c'est pour cela que je l'ai senti.

Ce vasistas ne s'ouvre que de l'intérieur. J'ai pensé qu'un voisin voulait aérer l'escalier. Quand, le lundi, j'ai appris ce qui était arrivé, je me suis douté que ce détail était important mais j'ai préféré me taire plutôt que d'avoir une nouvelle fois affaire à la police.

J'espère que cette information permettra à l'enquête d'aboutir.

Valentine regarda Simon avec étonnement.

– C'est tout ?

– Oui.

– Et alors ?

– Le vasistas était fermé quand la police est arrivée sur les lieux lundi matin. Il était fermé aussi quand M. Pierre a découvert le corps. Et personne n'a senti le moindre courant d'air pendant le week-end, pas plus Charlotte, qui habite en dessous, que les autres locataires.

Simon s'assit.

– Comme le précise Jérôme, ce vasistas ne s'ouvre que de l'intérieur. Pour le refermer, il suffit de le laisser tomber. Le crochet se remet en place automatiquement.

– Autrement dit, avec le vasistas ouvert, l'assassin a très bien pu venir par les toits, ni vu ni connu.

– Exactement.

Mamina et Jojo entrèrent à grand bruit dans l'appartement. De la cour provenait un bourdonnement de ruche. La découverte était largement commentée.

– Nous allons déjeuner dehors, annonça Mamina en sortant du frigo un poulet froid et un pot de mayonnaise. Vous venez ?

Mme Peyrolle, assise en bonne place à la table de fer, se faisait chouchouter. Tout le monde croyait à la prochaine libération de son mari. Valentine et Simon préférèrent s'éclipser discrètement.

– Attention à ta sœur ! chuchota Valentine.

Mais Praline, occupée à vider un paquet de chips, ne remarqua pas leur fuite.

– Il faut raconter ça à Hugo, décida Valentine. C'est lui qui a tout compris en lisant les articles de Charlotte !

31

Valentine et Simon prirent la rue des Abbesses jusqu'au pont Caulaincourt, qui surplombe le cimetière de Montmartre. On y marche à la hauteur des feuillages. Valentine indiqua à Simon l'emplacement d'une tombe qu'elle aimait particulièrement. Penché entre les poutrelles métalliques du pont, il put apercevoir un bel arbre large et droit se dresser fièrement, le pied prisonnier d'une très ancienne pierre tombale fendue en deux par sa volonté de croître là.

– J'aime ce symbole de retour à la vie, lui expliqua-t-elle. Si cela se pouvait, j'aimerais bien revivre en arbre. Un arbre fruitier, dans lequel les enfants picoreraient chaque été. Un cerisier, tiens. C'est si bon, les cerises ! Et toi, tu voudrais être quel arbre ?

Simon réfléchit.

– Un arbre, ça ne me plairait pas. On ne peut pas bouger. On est rivé à la même place pour toujours. Je préférerais être une rivière pour courir le monde, ou même une simple goutte d'eau, si minuscule qu'elle est presque invisible, et pourtant elle peut s'évaporer, se promener en nuage, voguer sur la mer, dévaler les torrents...

Valentine, qui se plaisait à arpenter inlassablement les mêmes lieux depuis qu'elle était petite, admirait le désir de voyage de Simon.

– Je crois que j'ai un peu peur de *cet ailleurs* qui t'attire, avoua-t-elle.

– Moi, c'est le *ici pour toujours* qui me fait peur.

Ils étaient arrivés devant le magasin où travaillait Hugo. C'était l'heure de sa pause et celui-ci fut ravi d'offrir à déjeuner aux jeunes amoureux. Ils s'attablèrent devant des croque-monsieur croustillants.

– L'intervention d'un tueur venu de l'extérieur se confirme, conclut Hugo avec satisfaction. Ton père ne sera plus retenu longtemps, dans ce cas.

Ce en quoi il se trompait.

✷

Quand ils remontèrent la rue des Martyrs, en fin d'après-midi, Simon s'arrêta devant un kiosque pour acheter *La Capitale*.

Déjà fidèles à leurs habitudes, ils s'assirent sur les marches encore chaudes d'un escalier de la Butte et déplièrent le journal. Simon lut à haute voix.

DU NOUVEAU
DANS L'AFFAIRE
DE L'ASSASSINAT DE MME PIERRE

Rappel des faits : Mme Pierre, médecin...

On sait, on passe.

Voyons... ah !

Le témoignage inattendu d'une personne qui s'est trouvée sur les lieux juste avant le crime a permis de mettre la police sur une nouvelle piste. Selon toute vraisemblance, l'assassin serait passé par les toits. Cette hypothèse implique l'intervention d'un complice qui aurait ouvert un vasistas depuis le palier.

Le terrain, à cet endroit de Paris, étant fortement en pente, la hauteur de l'immeuble est réduite à un étage du côté opposé à la rue. Une échelle de secours facilite l'accès aux toits depuis une courette située derrière le bâtiment.

Après enquête, des témoins affirment avoir vu une personne gravir cette échelle samedi dernier, aux alentours de vingt et une heures, et redescendre par le même chemin quelques minutes plus tard, tandis qu'ils dînaient avec des amis dans une pièce dont la fenêtre se trouve juste en face.

Il s'agirait d'un homme, assez petit et mince, agile, vêtu d'un blouson sombre et portant une casquette à visière, également de couleur sombre.

Simon marqua un silence. Valentine comprit que tout ne se passait pas comme ils l'avaient espéré.

Il reprit, plus faiblement :

Cette description ne disculpe pas le suspect actuellement retenu par la police. En effet, sa silhouette et ses vêtements correspondent au signalement fourni par les témoins. Le lieutenant Bertier pense que le suspect, habitant trois étages plus bas que la victime, a lui-même ouvert le vasistas, puis a fait le tour par les toits pour accréditer la thèse d'un tueur venu de l'extérieur.

Ce scénario est-il vraisemblable ? Que sont donc devenus les milliers d'euros retirés par la victime quelques jours avant sa mort ? Où se trouve l'arme du crime ?

Autant de questions auxquelles la police n'a pas encore répondu.

C. C.

Simon replia le journal lentement, absorbé par ses pensées. Valentine n'osait plus rien dire.

Et si c'était vraiment son père ? se prit-elle à douter. Après tout, il devait beaucoup d'argent à Mme Pierre et, d'après Praline, elle l'avait menacé par téléphone.

– Il faut que je rentre, déclara Simon avec gravité.

Je n'aimerais pas être à sa place ! songea Valentine. Sa mère doit être dans un état !

Elle s'était levée et s'apprêtait à le suivre quand il tourna vers elle un visage défait.

– Je préfère marcher seul.

Il faillit ajouter quelque chose mais son regard se brouilla et il s'enfuit.

Valentine resta plantée dans l'escalier une bonne minute avant de réaliser qu'elle avait froid. Elle s'ébroua et regarda autour d'elle, désolée.

– Hugo !

Son oncle montait la rue d'un pas rapide. Il leva la tête à l'appel de Valentine et la rejoignit en quelques enjambées.

– Tu es seule ?

– Simon vient de partir. Il est complètement démoralisé par le dernier article de Charlotte. Tu l'as lu ?

Hugo lui montra le journal qu'il tenait sous son bras.

– C'est pour ça que je suis venu directement ici.

Ils marchèrent côte à côte, accablés.

– Si c'était vraiment Peyrolle l'assassin ? déclara Valentine.

– Je ne crois pas qu'il aurait élaboré un scénario pareil !

Valentine restait sceptique.

– Admettons que le tueur ne soit pas de l'immeuble et qu'il vienne de l'extérieur. Qui lui a ouvert ?

– Mme Pierre, évidemment.

32

Chaque année, Mamina organisait une chasse aux œufs de Pâques dans la cour de son immeuble. Les enfants passaient leur dimanche à les dénicher dans les plantes vertes et à les dévorer.

Ce dimanche de Pâques fut le plus triste que Valentine ait jamais connu. On avait appris les nouveaux soupçons qui pesaient sur Peyrolle et personne ne songea à déposer la moindre friandise en chocolat dans la cour.

Patrick Nouvelle, qui avait Joachim pour la journée, partit de bonne heure au Parc floral du bois de Vincennes où une chasse similaire était organisée. Pas question de gâcher les rares moments qu'il pouvait avoir avec son fils.

La minijupe de Charlotte passait de temps à autre comme un éclair jaune dans la grisaille. La journaliste allait et venait entre les bureaux de la P.J. et son journal dans l'attente d'un rebondissement inespéré.

Hubert avait filé aux puces dès l'aube, les Greenwich se terraient derrière leurs volets et même Jojo n'osait pas proposer une partie de scrabble à Mamina. La vieille dame, persuadée plus que quiconque de l'innocence de son voisin, était profondément abattue.

Valentine n'avait pas revu Simon depuis qu'il l'avait brusquement quittée dans l'escalier. Contrairement à sa grand-tante, imaginer Peyrolle en meurtrier ne lui paraissait pas si farfelu. Comment Simon réagirait-il si son père était finalement accusé de meurtre ?

Pour comble de tristesse, il plut sans discontinuer. Valentine aurait voulu rester dans la cour, faire semblant de tailler les rosiers ou de désherber autour des arbustes, que Simon la voie et qu'il la rejoigne, qu'ils se cachent un moment sous le porche, ou, mieux, qu'ils se sauvent dans un jardin tranquille, mais la pluie ne cessa pas un instant et Simon ne se montra pas.

Je devrais peut-être aller chez lui, se dit-elle en milieu d'après-midi.

L'idée de se trouver nez à nez avec la Glu la retint.

– Valentine, cesse de tourner dans tous les sens, tu me donnes le vertige ! se lamenta Mamina. Va te promener.

Elle choisit de rentrer chez elle. Sa mère, allongée sur le canapé devant un feuilleton télévisé, leva à peine les yeux quand elle traversa le salon.

– Ça va ?

– Mmm...

Captivée par l'enquête de l'inspecteur Bradefair, Patricia n'insista pas. Valentine se jeta sur son lit et s'endormit tout habillée.

✵

Quand la sonnerie du téléphone retentit, Valentine, grossièrement enveloppée dans sa couette, s'éveilla et jeta un regard chargé de reproche à son réveil.

Sept heures trente-sept ! Quel barjo peut bien appeler à l'aube un jour de vacances ? maugréa-t-elle.

Elle se leva péniblement.

– Valentine, je te réveille ?

– Mamina ? Qu'est-ce qui se passe ?

– C'est le branle-bas de combat ! Charlotte dit qu'il y a du nouveau. Elle a l'air contente. Tu peux te rendormir tranquille.

Valentine raccrocha, hébétée.

Elle se traîna jusqu'à la salle de bain. Son reflet lui fit peur. Ses vêtements étaient fripés, ses joues profondément marquées par les plis de ses draps, ses cheveux en bataille, ses paupières gonflées.

On dirait que j'ai passé la nuit dehors ! Une douche, je me change et je file. Du nouveau et je me rendormirais ? Impossible, ou je ne m'appelle plus Valentine.

33

Rue Barsacq, Valentine fut déçue de ne pas trouver des voitures de police stationnées devant la maison. Dans la cour de l'immeuble, même tranquillité apparente.

J'ai rêvé ce coup de téléphone, si ça se trouve ! se dit-elle.

Elle gratta à la porte de Mamina qui ouvrit aussitôt. À l'intérieur régnait une ambiance de fête. Charlotte, un sourire jusqu'aux oreilles, brandissait deux pages dactylographiées d'une main et une tasse de chocolat fumant de l'autre.

– Qu'est-ce que je disais ! s'exclama la journaliste. Bertier se fourrait le doigt dans l'œil !

Elle s'adressa à Valentine.

– J'avais raison ! C'était un suicide maquillé en meurtre ! Lis ! C'est trop beau. Je n'y croyais pas. Le père Noël, à côté, est un amateur. Dorénavant, je ferai mes cadeaux à Pâques.

Valentine saisit les feuillets et s'assit. Mamina posa une tasse odorante devant elle.

Elle lut :

Monsieur le rédacteur en chef,

Je vous écris cette lettre dans l'espoir qu'elle sera publiée par votre journal dès que possible. Il est temps, en effet, de mettre un terme à l'erreur dans laquelle s'enfonce la police française.

Je veux parler du meurtre de Mme Pierre.

J'ai pu apprécier, par Internet interposé et donc sans délai, les articles de C. Claret, journaliste perspicace que je félicite au passage. C'est avec beaucoup d'intelligence qu'il (ou elle) a analysé la situation. En revanche, le lieutenant Bertier, qui persiste à chercher un coupable parmi les malheureux voisins de la victime, perd son temps.

Je ne serais pas intervenu dans cette enquête si aucun suspect n'avait été accusé d'assassinat, mais j'assiste avec tristesse à une erreur judiciaire et, cela, je ne peux le supporter. Attribuer le meurtre parfait dont je suis l'auteur à un grand niais de mari ou à un pauvre idiot de commerçant, c'est m'offenser de la plus odieuse manière.

Dois-je rappeler les faits ?

Mme Pierre a été assassinée d'une balle qui a transpercé l'aorte et n'est pas ressortie, enfoncée dans l'omoplate gauche. La mort a été instantanée. Je n'ai pas eu connaissance des résultats de l'autopsie mais il sera facile de vérifier mes dires.

Il se trouve que je suis un tireur d'élite. C'est pour cela que Mme Pierre, désireuse de mourir rapidement et sans souffrance, a eu recours à moi. Je n'avais aucune raison de lui demander les siennes, cependant j'ai cru comprendre, au vu du déroulement de l'enquête et grâce aux articles de C. Claret, que son intention était de créer des ennuis à un maximum de gens de son entourage.

J'estime qu'il est de mon devoir d'y mettre fin. Voici donc la vérité.

À l'heure convenue et vêtu selon les directives de Mme Pierre, j'ai pénétré dans l'immeuble par le vasistas qui donne sur les toits et se trouve au sommet de l'escalier B. Il avait préalablement été ouvert par Mme Pierre. La porte de son appartement était également entrouverte. J'ai travaillé avec un silencieux. Vous ne trouverez aucune empreinte, je ne suis pas un professionnel pour rien.

Je suis reparti par le même chemin, en claquant la porte derrière moi et en laissant le vasistas retomber. Je me suis permis un petit détour pour déposer l'arme, fournie par ma cliente, entre deux cheminées situées sur la gauche du bâtiment. Elle doit toujours s'y trouver. Si le lieutenant Bertier ne s'était pas persuadé que l'assassin était un proche de la victime, il l'aurait certainement découverte plus tôt.

J'espère que tous ces détails suffiront à disculper les pauvres bougres impliqués bien malgré eux dans cette affaire.

Je suis l'assassin de Mme Pierre, je l'ai tuée à sa demande. Au préalable, nous nous sommes rencontrés et ma cliente a honnêtement rémunéré mon travail. La qualité se paie. De nos jours, il est si difficile d'être satisfait de ses fournisseurs...

Inutile, évidemment, de chercher à me retrouver. Je ne suis pas un imbécile et je n'ai pas l'intention d'interrompre prématurément la brillante carrière à laquelle je suis promis.

Vous remerciant par avance de veiller à ce que ces informations soient divulguées, je vous prie de croire, monsieur le rédacteur en chef, en mes sentiments les plus respectueux.

C. Moa

– Eh ben ! « Chacun sa route », mais il y en a de plus raides que d'autres ! Il faut être drôlement atteint pour payer quelqu'un afin qu'il vous tue, soupira Valentine.

Charlotte, qui rangeait soigneusement les feuillets dans une chemise cartonnée, précisa :

– Mme Pierre était *doublement* atteinte : par son caractère, et par sa maladie. Et, entre nous, ce tueur a l'air bien atteint aussi. Heureusement, d'ailleurs ! S'il n'avait pas été complètement mégalo, il ne se serait jamais manifesté.

Mamina sortit de la cuisine, un panier rempli de sachets multicolores au bras.

– Cette année, la chasse aux œufs aura exceptionnellement lieu le lundi de Pâques et non le dimanche, déclara-t-elle, péremptoire.

Valentine la suivit à l'extérieur. Elle secoua les branches des arbustes et des buissons encore chargées de gouttelettes de pluie.

– La cour n'a jamais été aussi calme ! Tu ne m'avais pas dit que c'était le branle-bas de combat, au téléphone ?

– C'était ! Bertier et ses inspecteurs sont venus tôt ce matin, le jour se levait à peine. Ils ne sont pas restés plus de dix minutes, le temps de dénicher le fameux revolver là où l'assassin avait indiqué l'avoir laissé. Ils sont repartis comme des voleurs.

– Bertier était vert de rage, ajouta Charlotte, ravie.

– On le comprend ! Quelle claque ! Il va réussir à localiser l'auteur de la lettre ?

– Je ne sais pas. Le tueur n'est sûrement pas resté à attendre la police les bras croisés. La recherche sera longue. Bertier est têtu, il ne lâchera pas l'affaire pour autant. Ce type n'est pas près de dormir sur ses deux oreilles. Allez, je file écrire mon article. Heureusement que mon journal ne paraît que l'après-midi, j'aurai le temps de le soigner.

– L'article, ou Bertier ? demanda Valentine.

– Les deux, mon général !

34

En glissant les petits paquets de friandises dans les bacs à fleurs, Valentine jetait des regards inquiets aux fenêtres de Simon. Pourquoi ne sortait-il pas ?

– Il est parti avec sa mère et sa sœur chercher son père, expliqua Mamina qui avait remarqué les coups d'œil répétés de sa petite-nièce.

Valentine fit la moue. Ces retrouvailles risquaient d'être tendues.

Mamina avait décidé de réunir les voisins pour fêter le retour de M. Peyrolle et le dénouement de « l'affaire Mme Pierre ». Elle passa de nombreux coups de téléphone puis envoya Valentine faire quelques courses.

Vers onze heures, enfin, les Peyrolle rentrèrent. Tout était prêt pour les accueillir. Dès que Simon aperçut Valentine, il lui fit signe et ils s'éclipsèrent, laissant les « vieux » à leur petite fête.

Pendant un moment, Simon resta silencieux, marchant droit devant lui, le visage fermé. Valentine se demanda s'il se souvenait qu'elle était là. Il avait passé un bras autour de ses épaules mais ne lui adressait pas un regard. Impressionnée par sa gravité, elle ravala sa curiosité.

Ils arrivèrent place Émile-Goudeau, face au Bateau-Lavoir. Simon s'assit sur un banc. Valentine se blottit contre lui, patiente. Il finirait bien par lui expliquer.

Sur la place, le printemps s'affichait sans retenue : les feuillages vert tendre, le chant des oiseaux, les mines réjouies des touristes, jusqu'à la tranche de toits gris au-delà du théâtre des Abbesses, en contrebas, illuminée par un soleil guilleret.

– Tu veux que je te dise ? déclara soudain Simon comme s'il allait mordre le Japonais qui photographiait la fontaine Wallace, à deux pas. Cette madame Pierre, c'était quelqu'un de bien ! Elle, au moins, elle avait du courage. Pas comme certains...

Valentine, sous le choc de cette déclaration qui n'allait pas vraiment dans le sens de ses convictions, se garda de répondre.

– Elle a fait du bon boulot, avec son dossier d'arguments. Enfin, les masques tombent ! Les minables sont montrés du doigt, les tricheurs sont dénoncés, les menteurs découverts ! Mon père, continua Simon un ton plus bas, je ne peux plus le regarder en face. Heureusement que je repars en pension dans huit jours !

Le cœur de Valentine se serra. Simon en pension, cela voulait dire qu'elle ne le verrait plus qu'aux vacances ! Elle se raccrocha à leur projet de colo.

– Tu te renseigneras, pour le nettoyage des rivières cet été ?

Simon lui sourit.

– Oui, bien sûr.

Ouf. Ce qui compte, c'est qu'on ait des projets, se persuada Valentine.

– On va au ciné, cet aprèm ?

– Si tu veux.

Simon leva les yeux vers le ciel.

– Tu ne trouves pas que ça sent le printemps ?

Il se pencha sur Valentine et ils s'embrassèrent longuement.

✵

Quand ils reparurent dans la cour de Mamina, une demi-heure plus tard, on en était encore à l'apéritif. Valentine se jeta sur les mini gougères au fromage en inspectant ce petit monde bruyant.

Mamina, épanouie, remplissait les verres de vin blanc. Frédéric se tenait à ses côtés, souriant et présentant les plateaux de toasts aux convives.

Chacun se relayait auprès des parents de Simon, assis sur les chaises de jardin, la mine fatiguée.

La voix claire de Charlotte, au centre du groupe, couvrait celles des autres. M. Pierre se tenait en retrait mais ne quittait pas la mini-jupe vert pomme des yeux.

Patricia (tiens, elle est là aussi ?), très chic dans un tailleur gris-bleu, discutait avec les Greenwich. Valentine tendit l'oreille.

– Alors comme ça vous quittez Paris ? s'étonnait-elle.

– Yes, le France est un beautiful pays but nous avons un contact in Sydney, Australia, pour un travail très interesting.

C'est louche, pensa Valentine. La police de la répression des fraudes est sur leurs traces.

Patrick Nouvelle, deux verres à la main, s'avança vers Patricia. Valentine admira la métamorphose. Le costume-clair-cravate-pastel lui allait rudement bien !

– Il a rendez-vous pour un entretien, la Poisse ? demanda-t-elle à Mamina.

– Un lundi de Pâques ? Sûrement pas. Il t'a écoutée, voilà tout. Et la chance va tourner, ajouta-t-elle avec un clin d'œil.

Patricia semblait vivement intéressée par Patrick.

– Vous avez une licence de biologie et pas d'emploi ? Le laboratoire avec lequel nous travaillons cherche justement quelqu'un. Un poste subalterne, dans un premier temps, mais...

– Quand on a la poisse, c'est pour la vie, confia Valentine à Simon. Le voilà dans les griffes de ma mère ! Oh ! Je te laisse, j'ai une mission à remplir.

Elle se faufila entre les groupes, attrapa Hugo au passage et le conduisit à Hubert.

– Voici votre professeur de cocktails.

Gêné, Hubert se défendit.

– Valentine e-xa-gè-re ! Je ne veux pas vous ennuyer avec ça.

– Cela ne m'ennuie pas, au contraire. Je me ferai un plaisir de vous conseiller. Il paraît que vous avez une cuisine splendide.

– Voulez-vous la voir ? proposa Hubert, radieux.

Simon a raison, constata Valentine. Ça sent le printemps.

Jojo zézayait plus que jamais en parlant de sa collection d'articles de journaux, récemment augmentée, et quand l'Ombre fit son apparition, il ne put refuser le verre que Mamina lui mit d'office dans les mains.

– ¿ Qué pasa ? demanda-t-il, éberlué. ¿ Un cumpleaños ?

– Un anniversaire, oui, lui répondit Simon. Celui du printemps.

Soudain une petite voix pointue appela depuis l'autre côté de la cour :

– Simon ! Valentine !

Ils reculèrent prestement.

– Sauve qui peut ! La Glu !

Ils s'enfuirent sans se retourner et s'écroulèrent en haut des escaliers de la rue Foyatier, à bout de souffle et morts de rire. Au-dessus d'eux, le Sacré-Cœur, énorme chou à la crème bienveillant, ingurgitait sans relâche fidèles et touristes venus des quatre coins du monde. À leurs pieds, Paris rayonnait sous un clair soleil d'avril.

L'AUTEUR

Alice Hulot rêve de devenir détective. En attendant qu'il se produise un enlèvement, une disparition, un meurtre, elle espionne son entourage avec application. Mais rien. Pas le moindre petit vol. Pour s'entraîner malgré tout, car on ne sait jamais ce qui peut arriver, elle pioche dans ses souvenirs d'espionne pour inventer des énigmes. C'est moins dangereux, plus facile à résoudre… et très amusant.

DANS LA MÊME COLLECTION

À l'heure des chiens, Évelyne Brisou-Pellen
Assassinat rue Morskaïa, Michel Honaker
L'assassin est un fantôme, François Charles
@ssassins.net, Christian Grenier
Carton rouge ou mort subite, P. Barbeau/R. Judenne
Coupable idéal, Jean Molla
Coups de théâtre, Christian Grenier
Croisière en meurtre majeur, Michel Honaker
Meurtre au lycée, Geneviève Senger
L'oiseau de mort du cap Horn, Jean Merrien
L'Ordinatueur, Christian Grenier
Panique aux urgences, B. Aubert/G. Cavali
Un printemps vert panique, Paul Thiès
Simulator, Christian Grenier
La sorcière de midi, Michel Honaker
Souviens-toi de Titus, Jean-Paul Nozière
Week-end mortel, Jean-Paul Nozière

Achevé d'imprimer en France
par l'Imprimerie Hérissey en mai 2004
Dépôt légal : juin 2004
N° d'édition : 4012
N° d'impression : 96775